我們一起的樂與怒

袁若光
Y. K. Patrick Yuen 著

⚡ 目錄

⚡ 序曲：管風琴

　　小聖堂的管風琴奏出柔和而莊嚴的樂韻，悠揚琴音在哥德式建築的肋狀拱頂流連不去，身穿紫色祭衣的神父和披上白袍的聖詠團成員已經就位。

　　方俊明嘗試讓心情沉澱安靜，但空氣中的莫扎特安魂曲不斷牽動他的思緒。他想像有位神情肅穆而專注的司琴隱身於禮堂上面的琴座，雙手在琴鍵上靈巧舞動，讓花絮般的音符從空中飄灑降下。有一刻，他覺得這琴音似曾相識，一位他不能忘記的琴手和她的音樂也是那樣的清麗，但他很快告訴自己多麼的不可能再與她相聚。

　　他進門時，接過印有儀式項目的程序表，在禮堂中段一行空的長椅坐下。前面兩行坐了老人的家屬親友，其中有幾位本地樂壇名人，他們今天衣飾黑淨，有別於面對觀眾時的彩裝繽麗。

　　聖詠團打開手持的歌譜，管風琴彈出詩篇前奏。

　　大門掩上之際，匆匆閃進幾張俊明久別，但仍然熟悉的面孔，輕步走過來，到他旁邊坐下。

　　「禮拜是不是開始了？」目仔轉頭問身邊的彼得。

　　「差不多。這是天主教儀式，叫彌撒。」彼得一身黑色稱身西裝，雪白襯衫領口敞開，臉龐比以前豐滿了些。他低聲提醒目仔：「還有，你說話輕一點，最好保持安靜。」

　　「明白。」目仔仍然是老樣子：黑色 T 裇和黑色牛仔褲。不同的是胸口位置沒有任何古怪的圖樣，頭髮剪了個陸軍裝，記憶中白淨的圓臉變得褐色而清瘦。

傑一如往日地沉靜，黑色襯衫結純黑的細條領帶，這是俊明第一次看見他打領帶。他凝望祭壇前靈柩上一位老人的照片，似乎感覺不到旁人存在。

　　外面一群雀鳥霍地吱喳飛過，在朝陽斜照的彩色玻璃窗遺留一閃即逝的投影。

　　俊明、傑、彼得和目仔今天一早來到，向一位曾經善待他們這群年輕人的長者告別。他們幾年前剛踏進十八歲，在青春年華正盛的時候走在一起，柴娃娃地湊齊組成樂隊，得到了這位老人家的扶助，達成了他們的一個心願，也走過了一段銘心難忘的成長路。

　　原本五個人的組合，今天唯一欠缺的成員是珍妮。

　　俊明不知道自己期待了多久，再有一次機會面對她，披露他久藏心裡的話。

　　然而他知道世事能夠如願的實在不多，今天或也不例外。

　　小聖堂莊嚴儀式進行的時刻，俊明想趁此放下雜念，滌淨心神祝禱，但腦海卻禁不住浮現一段段難忘的回憶。

⚡ 最後的開學日

　　七十年代中期的一個秋天，暑假剛結束，方俊明完成了中學會考，告別念了五年的中學，來到一所陌生的學校念中六預科。儘管明白只是一種「別人考，他也考」，很渺茫的奢望，他心裡仍不免懷著僅有丁點兒機會考進大學的想法。無論結果怎麼樣，十多年跑跑跳跳，把煩惱拋諸腦後的校園歲月，也會隨之而結束。

　　大家穿著夏天的白恤衫長褲校服，或是白色連身衣裙，肩上掛著不外那幾種傳統款式的書包，在值班老師的檢視下走進校門。今天的開學日如以往千篇一律，一排排穿著統一款式校服的學生，晨光下在操場列隊聽校長冗長的訓話。

　　這場面意外地讓他感到有點不捨，因為他相信這會是自己參加的最後一次開學禮。

　　整個暑假沒有呆坐聽課，好不容易捱過了早上連續幾節的數學和英文堂，俊明趁小息的時候走出門口透透氣，再回到座位看在報攤新買的雜誌。課室裡的人差不多走光了，不是在走廊蹓躂，便是衝到樓下小賣部弄點汽水或魚蛋一類的小食。

　　「你在看什麼？」俊明身後傳來陌生的聲音，語氣堅實而爽快。

　　「雜誌。」俊明半轉過頭回答。這是他第一次在這間陌生的學校跟人交談。

　　男同學瘦削的臉上架副圓框金絲眼鏡，膚色接近蒼白，長直的瀏海遮蓋了前額，垂在耳邊的髮鬢末梢帶些耀眼的金黃。

　　「你彈結他嗎？」他指指俊明手上的「結他雜誌」。

「我有彈結他。」俊明回答。

「你喜歡彈結他嗎？」

「喜歡。」俊明照實回答。

「你喜歡音樂嗎？」這是個簡單的問題，只是他的問法又似有點怪。

「當然。」

「為什麼喜歡？」又一個怪問題。

「就是喜歡，沒有什麼原因。」俊明仍然照實回答。

「是嗎？那太好了。」他在俊明身旁的位子坐下，臉上露出微弱的笑容，一陣淡淡的煙草味道飄過來。

俊明原本以為這位同學是不懂得笑的人。

*****

三天前也是開學的第一天，如果不是訓導主任進來訓話，俊明不會留意課室角落有個男孩，留著半邊染成金黃色的頭髮。他坐在最後一行靠牆的位子，兩唇緊閉神情傲然，看似是不想說話，也不歡迎打擾的那種人。

「你們都是中六預科學生，明年就要考四年制大學的入學試，不是小孩子了。」頭髮半禿的訓導主任一臉嚴肅，向全班近三十個男女生說話，但視線卻總回到坐在課室一角的男學生身上。

「你們接近一半是轉來本校的新生，可能有人以為這裡可以比其他學校輕鬆些、隨便一些。」他說：「我現在告訴你們，這想法絕對錯誤。」

大家靜靜坐著沒有什麼反應，但有些人暗地交換「麻煩來了」的眼色。

　　「我們的校規要求品學兼優，除了書讀得好，也重視同學的品德儀容，首要是校服整齊，女同學校服裙的長度，還有男同學的頭髮，都有一定的準則。樓下大堂壁報板貼了相關的通告，圖文並茂，你們要仔細看，不要再說有什麼不清晰的地方。」

　　主任頓了頓，眼神注視班房的角落：「好像這位同學，就應該特別留意校規。」

　　「時下講新潮，」主任說：「新潮不是什麼都不好，不過外表標奇立異，好像頭髮五顏六色好像『金毛』那樣，就並不可取了。」

　　課室裡響起幾陣笑聲，隨即回復安靜。眾人隨著主任的視線看過去，目光落在半邊頭髮染成金黃色的男同學身上。

　　這名「金毛」男孩臉上沒有顯示任何反應，兩眼凝望前方，好像毫不在意別人的注視，但他露出頭髮外的耳朵漲紅，與他蒼白的面頰成為明顯對比。

　　「違反校規，訓導處會處分、記過，絕不縱容。」

　　金毛男同學視線不改，空洞的表情像什麼也看不到，沒有話。

　　「你的髮型是不是不合校規呢，」訓導主任正色說：「這位同學？」

　　「金毛」低頭看著空無一物的桌面，仍然沒有話，但他的身體似乎在微微的顫動著，而且隱若地有一股節奏在他身上散發著。

　　「這位同學，我在跟你講話，你是不是應該回應一下呢？」主任努力保持和藹的微笑，但眼神不復剛才般柔和。

「金毛」抬起頭冷然看著主任，像過了許久，他才慢慢的吐出一句：「你想我說什麼？」

一陣僵持的沉默之後，主任收起了笑容，目光轉而掃視班房裡每個人。許多人縱使仍坐在椅上不動，身子卻好像忽然矮下去一截。

「這位同學叫什麼名字？」主任語調嚴肅，透出一種令人震懾的味道。

「你前面的座位表有我的姓名，剛才我寫得很清楚。」金毛同學爽快回答。

主任兩手按著講台，提起音調鄭重地說：「大家聽清楚：屢勸不改，只有踢出校的結局。」

金毛同學只是看著前方，沒有表情。

課室的時間像停頓下來，有人低頭看自己放在桌面下的雙手，數著緩慢流過的每一秒鐘。

下課鈴聲響起，打破了令人窒息的沉默。主任踏出課室前留下一句：「你們如果想好好留下讀書，考明年的大學入學試，記住要好自為之。」

站在門外的班主任 Miss 張走進來，她臉上帶著和藹的微笑，像在安撫一群受驚的小動物。

「大家聽清楚訓導主任的話了嗎？」她的語調輕柔，像什麼也沒有發生似的：「兩個學期很快便會過去，只有不到一年的時間，你們專心讀書就好。」

她沒多說幾句話，便同樣輕鬆地宣佈下課。

坐在課室的人紛紛抒了口長氣，跟著是喁喁低聲的議論。從幼稚園、小學到中學，十多年下來，許多人已經懂得在課室裡不管怎樣難受，忍耐一下便熬過去，出了學校大門也就沒事了。

　　不知道是否訓導主任幾天前的話發揮了作用，眼前這位金毛同學卻是形象一新，本來長度掩蓋裇衫衣領的頭髮，已修剪到合乎標準的尺寸，原本染了金色的髮尾部分也剪掉了，但腦後一些髮腳仍遺留些許半黃不黑的零碎斑駁。

　　「我也玩結他，但更愛打鼓。」「金毛」同學送來另一個問題：「你喜歡打鼓嗎？」

　　「我不懂打鼓。」俊明答。

　　他猶豫了一會，問道：「你有想過夾 Band 嗎？」

　　「怎樣夾 Band ？」俊明有點好奇。

　　「就是幾個人玩不同的樂器，一起合作玩奏歌曲那種。」他說。

　　俊明曾經在電視上看到叫做「青年節目」的演出，像許冠傑和他的蓮花樂隊，泰迪羅賓和叫做花花公子的隊友等等，四或五個年輕人在台上彈結他、打鼓，唱的都是英文歌。有些演出的樂隊一頭電得鬆卷的長髮，穿上顏色明亮的緊身衣和喇叭褲，跳跳蹦蹦充滿活力的樣子，跟隨歐美潮流很時髦的打扮，被不少年輕人當成新潮青年的榜樣。

　　「未試過，不知道怎麼回事。」俊明搖頭，其實這也是盤踞在他心裡很久的一個問題。

　　「這世界許多事物我們都未見識過。」傑看著俊明，輕吸了一口氣：「挺好玩的，你有興趣試試嗎？」

以俊明的理解，一般人對玩所謂流行音樂的樂隊印象並不怎樣好，常叫趕時髦的年輕人做「飛仔」或「飛女」，做父母的更是諸多批評，總叫子女不要效法那些長頭髮，衣著新潮的行徑。

　　奇怪的是，這類被叫做「樂與怒」的搖滾音樂，對俊明卻有種說不出的吸引力。

　　「試一試也可以。」這答案俊明不用想多久。

　　「好，就這樣講定了！」他伸手和俊明大力握了一下：「我是何志傑，叫我阿傑或 Jack 都可以。你呢？」

　　「方俊明，別人都叫我俊明。」

　　「我問過許多人，今天終於找到你了。」傑臉上露出一派安慰的笑容。

傑約見面的茶餐廳在旺角，座落彌敦道往北走幾條街的一個角落，附近是一排不到十層高的舊式樓宇。茶餐廳旁是修理汽車的店鋪，玻璃門一打開陣陣汽油味道飄來，把俊明面前的熱檸檬茶芬香完全蓋過。

　　俊明剛滿十八歲，叫做「成了年」的青年，學校成績過得去，攀過了中五會考的分水嶺，講不出特長是否包括背書考試，也不知道明年今天他會在幹什麼，不過倒很肯定自己喜歡打球、看不包括課本的各式書刊，還有喜歡音樂，特別是節奏強勁的英文流行曲。有人叫這類音樂做「樂與怒」，也有叫搖滾樂，雜誌上不同作家還為應該叫什麼而寫文章爭論一番。對俊明而言其實沒有所謂，音樂就是音樂，怎樣叫都成。

　　這時的香港，看到和聽到的多是稱做「大戲」的傳統粵曲，到處可以聽到收音機播放很久才唱完的曲目，許多拍成古裝的戲曲電影，不然就是粵語流行曲，或拍成時裝的粵語片。

　　有機會玩不同的歌曲這念頭好像很吸引，俊明念初中時以校園民歌開始，抱著木結他自彈自唱了好幾年，開始有點兒沉悶。

　　幾個人走在一起玩音樂唱歌不是很好嗎？應該壞不到那裡去，他想。

　　「不好意思，遲了出門，街上擠滿了人。」傑神色匆忙踏進茶餐廳，額角吊著幾點光亮的汗珠。

　　他說住在油麻地，走路來這裡也挺遠的。

「我們上去吧。」傑一坐下便說。俊明結了賬，隨他走進旁邊一幢商業和住家都有的樓宇，狹窄的電梯頂多擠進五、六個人，要用手關門拉上欄柵才能開動，以極緩慢的速度爬上三樓。

電梯門外是窄巷似的走廊，有道打開了的玻璃大門，旁邊水泥地上放個小檀木神位，蠟燭形狀的紅燈發出昏暗光亮。這層樓看來已打通成一個大單位，面對大門的櫃台旁有條通道，連接三到四個門上裝了小窗戶的房間，傳出陣陣朦朧的音樂聲浪。

傑好像和櫃台的年輕女孩挺熟，兩人寒暄幾句，她帶頭走向通道盡頭一道有小圓窗戶的木門。

「剩下這間 Band 房了，一個鐘頭後交房。」

女孩兩唇塗了鮮艷口紅，一對銀色大圓耳環在鬢邊搖晃，時尚的黃色迷你裙配上低放的粗身橙腰帶，及腰的長髮像個舞蹈員般隨輕快步伐擺動。

「你們有人先來了，所以十分鐘前已開始算時間，明白嗎？」她邊咬著口香糖邊說。

「明白。」傑的口吻像聽完訓話的學生：「有沒有別的事情？」

「沒有。」她白了傑一眼，突然又轉回頭，說：「不，還有一件事要先告訴你們。」

「電子琴有點故障，今天不能用。」她指指房間。

「這樣子租金有多少折扣？」傑的問題帶點調皮。

「你懂得玩 Keyboard 嗎？」長髮女孩突然轉身瞪眼看著俊明，她額前瀏海下一對大眼睛眨了眨，深藍眼蓋膏上面亮光光的金粉在閃動。

「我不……」俊明有點兒措手不及，一時說不出話。

「他暫時未知玩什麼樂器，不一定是 Keyboard。」傑打圓場。

「我記得你之前來次次都打鼓，你不會用電子琴，對吧？」她對傑的語氣像截查路人的警察。

「這點你說得不錯……」傑說。

「反正你們用不著，租金沒得減，要不要？有人排隊等著租呢。」她轉身走回櫃台。

「要，不過有點兒……」傑沒好氣說。

「算了，做男人不要太計較，」她看了看腕上的大圓手錶，說：「剛才你們人未齊，讓你們多玩十分鐘吧！OK？」

「好吧。」傑說。

「那還不快點開始？你的 Band 友在等呢！」她低著頭在紀錄簿子上寫東西。

推開 Band 房厚厚的木門，湧出一陣尖銳刺耳的電結他聲浪。

肩上掛著個電結他的男孩身材健碩，方方的臉戴個黑色膠框眼鏡，微笑向俊明伸手，大力握了一下：「我是彼得，歡迎。」

「他是俊明，我們的新隊員。」傑補充一句：「如果他加入的話。」

「試試看，你一定會鍾意的。」彼得坐回原位，手指飛快地在指板上舞動，像一秒鐘也不想浪費。

這 Band 房其實不大，不到一百平方英尺，四周堆放了大大小小的擴音喇叭，標著 Marshall、Fender、Music Man 等牌子，像在電視台的音樂節目見過類似的裝置，兩支在支架上的麥克風隨

意擺放在一角。房間一邊的小平台佔了房間約一半空間，上面放了一套爵士鼓，豎立的低音大鼓上面印有 TAMA 的品牌標誌。靠牆兩邊天花板各裝上幾支小小聚光燈，雖然其中兩支沒有亮，但依然把靠牆的部分照亮得像個小舞台。

傑跳上爵士鼓中央坐好，連續蹬了幾腳又大又圓的低音鼓，抽出背包裡的一對鼓棍，打出一列輕快的節奏，整個人隨著鼓聲節拍擺動，活像一隻從旱地跳進池塘裡的青蛙。

大家協議彼得做主音結他，因為他玩電結他比較純熟，傑是鼓手，俊明彈低音結他。

俊明想到一個問題：他從來未玩過低音結他。他今天頭一次把又大又長的 Bass 掛在身上，實在不知如何入手。電結他接上巨型擴音的喇叭，巨大的聲浪可以把人震倒，開始時不容易適應。幸好彼得去年跟朋友的樂隊跑了一個暑假，試過玩低音結他，學會幾下似模似樣的基本功夫，臨時給俊明上了初級班的一課。

俊明先粗淺地硬記低音結他幾個段落的簡單組合，邊玩邊學湊合了一、兩段，嘗試配合結他和鼓合奏。

「你平日彈木結他共有六條弦，低音結他只有上面那四條，由六條減少到四條，玩起來不是更省事嗎？你執到便宜了。」彼得揚揚眉毛說。

俊明插上連接擴音喇叭的電線，嘗試剛才彼得教的幾下基本彈奏方法，大家隨意零碎地夾了幾段，錯了停下來便再試一遍，反正他們不介意「炒粉」，俊明很快便感覺自己成為這團伙的一

員，然而心裡那份緊張和興奮，加上震撼的音浪不斷地衝擊，他前額、胸口以致手心都滿是汗珠。

俊明想凡事都有第一次，就當是試新玩意便是了。

每次中斷停下，傑只是嘴角泛起淡淡的微笑，像什麼也沒有發生，看不見不耐煩的神色，說句「再來一次吧！」，大家便由頭再夾起。

之後兩個星期，傑提出玩一些從不同樂曲抽出來的短章節，讓大家逐步合拍。當然最不熟習的是俊明，但他很快也適應下來。開始夾的第一首歌，是英國重金屬搖滾樂隊 Deep Purple 的 *The Gypsy*，節奏和難度並不太難應付，跟著是嘗試另一首 *Smoke on the Water*。傑借了一盤卡式錄音帶和寫上和弦的紙張給俊明，叫他先聽熟包括這一首的幾隻歌，花了他好幾個晚上。他們用簡化了的版本，先是彼得的主音結他開頭，幾段之後加入鼓，俊明的低音結再合成一起，似乎不很難便夾成，中間一段彼得的電結他 Solo 有板有眼，聽起來勉強像個樣子。

「幾乎每隊 Band 仔都會玩這一首，去夾 Band 的地方都會聽見。」彼得說。

「這是第一首練的歌嗎？」俊明問。

「不一定，很多人開齋的是另一首叫 *It Never Rains* 的歌，不過我們沒有鍵琴，如果有會好玩些！」傑說。

很快另一個問題來了：誰來主唱？傑和彼得第一句就說不唱歌，傑說他英文不好，當時搖滾音樂都是「來路」的英文歌，不懂歌詞也就唱不來。

俊明幾次下來嘗試充當主唱，但發現邊玩樂器邊唱歌有難度。

「你念官立中學名校，會考英文拿的都是 A 級，你來主唱最好了。」傑把球踢給彼得。

「我唱歌走音，參加校際音樂節合唱也不夠資格，要主音獨唱絕對不行。」彼得說。

「你剛才唱了幾句音色很不錯，聽不見有哪裡走音，你來主唱、我們伴唱不很好嗎？」俊明說。彼得剛才對麥克風自彈自唱好一會，還閉上了眼頗陶醉的樣子。

「不唱、不唱，在這裡唱幾句無所謂，我只有洗澡的時候才會把一首歌唱完。」彼得說：「去年音樂節練習剛開始，學校的Miss 便把我趕下台，說我走音又難聽，同學都在笑。我決定永遠不會在台上唱歌。」

他抽出在撥弦的右手連忙搖動，好像很堅決，嘴裡咕噥著「不唱、不唱」。

「彼得彈主音結他，是樂曲的骨幹，又要主唱怕他兼顧不了。」傑對俊明說：「只能靠你了。」

似乎再推卻也不會有結果，俊明平日一個人捧著木結他自彈自唱，幾年下來也習慣了。負責主唱其實沒有什麼大不了，不好聽頂多讓人笑話。其實他認為喜歡音樂的人總不會討厭唱歌，他們不想主唱的原因有許多，害羞相信是其中之一。

房間的木門霍地打開，櫃台的長髮女孩叉腰站在門口，身後站了一堆人，其中幾個高大長髮的男孩，有人背個電結他，把出口堵住了。

「過鐘了，玩完了嗎？」她兩手在口邊成小喇叭大聲叫喊著，把俊明他們從沉醉在合奏的樂曲中喚醒。

俊明放下手上的樂器，三個人走出房門時和這組人面對面擦身而過。這裡有男有女，年紀和他們差不多，在幽暗燈光下看不清樣子，大概都是染了紫紅、金黃或咖啡顏色的鬆鬆長髮，穿著緊身喇叭褲，身上散發出陣陣不同的香煙味道，女孩穿窄短的迷你裙，還有濃濃的化妝品香味。

「玩到不知道停，又不是好聽，早點收檔算了！」俊明身後有人說，跟著是一陣爆笑。

「大威，你的主音結他比他們的勁多了。」一個剪陸軍裝的男孩對坐在外面沙發的長髮青年大聲說。

「你懂什麼主音不主音？不要亂講。」長髮青年收起手上的電結他，站起來朝彼得和傑點頭，算是打了招呼。

彼得微微點頭，回應也是冷冷的：「又見到你了。」

「你們練得挺認真呢，在這裡老是碰上你。」叫大威的青年說。他一頭電得卷曲的長髮披在肩上，穿件短袖白色 T 恤，露出雙臂健壯的肌肉。

「彼此彼此吧。」彼得回了一句。

大威拋下一個怪怪的冷笑，跟著他的大伙人踏進 Band 房。

「不要理別人，這裡的人就是這樣。」傑的話像在安撫俊明：「很快你會習慣。」

「Band 仔互相較量的心很重，老是想著要『撼 Band』，把別人比下去。」他說：「我們玩好自己的音樂就成。」

俊明還未從澎湃聲浪的震撼完全恢復過來，仍然感到身體在發抖，腦子填滿一堆堆音符，不知道怎樣回應。

　　「跟人『撼』沒所謂，最要緊是誰的音樂玩得棒，至於說得天花亂墜又怎樣，沒意思。」彼得說。

　　傑把 Band 房租金交給長髮女孩，她把鈔票塞進櫃台的抽屜。

　　「你是新加入的吧？我是貝麗，你叫什麼名字？」她問俊明。

　　他如實報上自己的名字。

　　「我們這裡是全九龍最便宜的 Band 房，歡迎下次再來。」她說完便低下頭細數抽屜裡的鈔票。

⚡ 琴行偶遇

旺角這間小琴行門面並不起眼，向亞皆老街的大櫥窗只孤零零地豎著兩支棕黃的木結他，要細看才知道是出名的泰雷加古典結他。櫥窗後是一排幾間的練琴室，幾扇緊閉的木門蓋上了毛茸茸的隔音材料，隱約傳出不同樂器的回音。俊明在最小的一間裡面，埋首練習古典結他的練習曲。要掌握樂譜上的音符，他自覺還有太長的路要走，而上次在 Band 房裡和傑一起玩過的重金屬搖滾樂，卻對他有無法比擬的吸引力。

木門輕輕打開，是結他導師宏基。他兩手交叉在胸前，說：「怎樣了？這一首會容易些嗎？」

俊明搖搖頭。

「這裡大多數人埋首學鋼琴或提琴，一級一級考上最高程度，拿到國際認可的資格。」宏基接過俊明遞過來的木結他，說：「付錢交學費的都是家長，他們安排子女來是要學他們認為是正經的音樂。好像只有你是用自己半工讀賺的錢來交學費。」

「流行的東西，基本上都不會被當成『正經』的事情看待。」他攤開兩手，聳聳肩說：「所以我們沒有教電結他和學玩流行音樂這些課。」

宏基聽說是琴行幾個合夥的老闆之一，但他從來不肯證實。高挺的鼻上架個眼鏡，下頜留有山羊般的小鬍子。他懂得玩好幾種樂器，打從小學開始，年年都在校際音樂節獲獎。雖然他的鋼琴已考取了最頂級的證書，但他說最喜歡彈結他。

也有教琴的老師說過，宏基在大學念商業管理，畢業後在大機構幹活了幾年，之後竟離開了商界，開了這間小琴行。

「鋼琴比賽我可以擊敗許多對手，贏得最熱門的錦標。不過結他的音色像講出我心裡話，和我的感覺共鳴，其他的樂器卻沒有。」他這樣說過。

「你想過做音樂家，一輩子彈結他享受美妙的音樂嗎？」俊明曾經問宏基。

「音樂家？」他搖搖頭，臉上是帶點苦澀的笑容：「以前很年輕的時候曾經想過，現在不會了。」

「為什麼不做音樂家？」

「總之不會了。」宏基輕聲說。

也許大家對結他有類似的共鳴，俊明跟宏基在上課之外也談得來。俊明告訴他加入了同學的樂隊，但沒有樂理基礎，想學多些東西卻無從入手。

宏基忽然想起了什麼似的，叫俊明不要走開便跑出練習小房間，回來身邊站了一個頭髮猶如清湯掛麵的女孩，寬身的圓領黑毛衣罩在藍色長衫校服上，黑膠框眼鏡蓋住了鼻子和一對大眼睛，肩膀掛個大白帆布袋書包，兩手捧著大堆琴譜久不久調整一下，像怕拿不穩讓掉到地上。

「想學樂理和五線譜，找珍妮就成了！」宏基朝身旁的她伸出大拇指：「珍妮是鋼琴高手，也是這裡最有耐心的導師。」

「不，我不是……」女孩忙把琴譜塞進布袋，搖頭擺手像在否認可怕的指控。

「當然是啦！你是我最得力的導師呢！」宏基說。

「我……我只會教小朋友，他年紀太大……我不懂教。」她指指俊明。

「他其實和你同年，年齡大不了多少，」宏基說：「這裡的學生都爭著要跟你學呢。」

「我其實很惡，老是會罵人偷懶，最凶巴巴的 Miss 也沒有我那般難應付！」她豎起食指，像在模仿在課室教訓學生的老師，但她跟著露出的笑容卻叫人難以相信她的話。

「俊明真的很喜愛音樂，但沒有學樂理，現在要和同學夾 Band 又學新歌，你幫手教他好嗎？」

「你夾 Band？是不是玩電結他、打鼓，弄得很大聲又吵耳那種？」她轉過頭看著俊明，像在檢視實驗室陳列的生物標本。

「打 Band 的確比較大聲。」俊明補上一句：「但也很好玩。」

「我很怕吵耳的聲音。」

「我也是，不過很快便習慣。」

「你會看樂譜嗎？」她轉個話題。

「我不懂看『豆豉』，只會看附上和弦的簡譜，」俊明老實說：「寫的是 1、2、3、4，A minor、G minor，易看快懂。」

「什麼？你不會五線譜？那你怎樣學樂器？」她臉上浮現「不可思議」的疑惑，像在和一個外星人談話。

「主要用耳朵聽，分成小段聽了幾次再跟著練，聽出多少練多少。聽說你們會看譜，耳朵也要很敏銳，不是嗎？」

「耳朵會聽的確重要，但光靠聽怎麼練得全啊？」珍妮睜大一對很圓的眼睛：「聽不清楚的地方不是會漏掉嗎？」

「如果用原裝的唱片或錄音帶會好些，不過我聽的多數是翻版帶，聲音不太清，要聽好多次才分得出那些音是怎麼樣。」

「翻版錄音帶？為什麼你不去聽原裝的呢？」

「翻版帶便宜多了，原裝的價錢很貴，沒錢買。」俊明老實回答。

「你這樣也行啊，佩服你啦！」她收起了剛才的愕然，似是肅然起敬的樣子，不過眼裡還有兩分怪怪的猜疑。

「我只懂得用原始的方法來學，你們受過正統訓練才是音樂專才。」俊明說。

宏基趁機加一把勁說：「對了，珍妮你是專才，就幫他忙吧。」

兩個背著書包的小學生走過，親切地和珍妮講再見，她滿面笑容回應。

「姐姐教音樂是不是很叻？你們快點說。」宏基一手抓住一個，像攔下想溜走的一對小貓兒：「不說不准走。」

「Jenny 姐姐教得很棒，很易明白，又不會罵人。」男孩說。

「我喜歡上 Jenny 的課，她會帶零食給我們。」旁邊的小女孩說。

珍妮把手指放在唇中央，示意不要多說。

「琴行規定在練習室不可以吃東西。」珍妮裝出一本正經的樣子，像個在上課的老師：「逮住了要罰，對嗎？宏基主任。」

「話是這麼說嘛……」宏基搔搔頭：「不論怎樣，規矩還是要有。」

「我們下次不會了。」小女孩帶著歉意低聲說。

「不用怕，宏基哥哥從來不會罵人。」男孩得意說：「拜拜！」

宏基手裡一鬆，兩個小學生立即像脫了頸帶的小狗般跑開。

「你為什麼要去夾 Band ？」珍妮忽然問俊明。

「沒有什麼特別的理由，我一向喜歡音樂，這幾年學玩木結他唱民歌，跟宏基學些古典結他，現在想嘗試些新的東西。」

「是不是古典結他不好玩了？」

「也不是這麼說，我不懂看樂譜，玩古典進步很慢。」俊明說。

「不懂看譜可以學，古典音樂優美又悅耳，為什麼要轉呢？」她又拋來一個問題：「你是不是心散呢？」

「我也算專心吧？」俊明點頭說：「不過，也許是欠缺點耐性。」

珍妮看著俊明，沒有說話。

「對我來說，音樂就是音樂，只要喜歡便好，用不著怎樣分來分去。」俊明說：「流行音樂有些也很好聽，又有歌可以唱，多些變化，似乎好玩些。」

「流行音樂嘛，我也……」珍妮欲言又止。

「那還有什麼問題嗎？」宏基插上一句。

「音樂應該是嚴肅的文化和藝術，只想到好玩和喜歡與否是不夠的，」她皺眉頭說：「所謂流行其實代表庸俗，風格古怪又不正經，正如我多哋媽咪所講，很快便會淘汰掉。」

「但如果不喜歡的話，又怎樣繼續下去呢？」俊明問道。他對這番道理有點不解。

「所以要努力堅持才會成功，不能只憑喜不喜歡來決定。你這樣轉來轉去，其實在浪費時間，你希望會有什麼結果呢？」

俊明感到像在聽訓導主任說話。

「我玩音樂沒想過要有什麼結果。你喜歡古典，也用不著對流行音樂有這麼大的反感，我覺得兩者其實沒有什麼衝突，不是嗎？」面對一連串的質疑，俊明忽然認真起來。

「我要替人補習，沒時間跟你聊了！」珍妮轉身衝出了門口，她及膝長裙下的一雙短白襪黑皮鞋在地毯上跳躍。

宏基聳聳肩，攤開手笑了笑，說：「珍妮就是有性格，不能勉強。」

俊明走出琴行的時候對宏基說，想找地方學電結他，民歌或古典結他都會暫時放下了。

他拍了拍俊明肩膀，說：「你要學的那些，我們這裡沒有教。結他的基本技巧你已經差不多，以後就看你自己的興趣吧。」

俊明經過旁邊一家很有點規模的琴行，裡面有賣流行曲的英文樂譜，他去看過好幾次，但價錢負擔不起。

不懂看樂譜也就靠耳朵聽吧，他在路上邊走邊想。

星期一早上課，傑的座位是空的。他雖然在課室不是很專心聽老師講書，不時在抽屜下面看音樂雜誌，但他極少缺課。他不愛跟人談話，常靜靜地兩眼空空的總是像在想什麼。

　　有人說，傑在排隊入校門的時候，被訓導主任攔住，帶上了校務處。

　　第三課上完了，是長小息的時間，幾乎每個人都衝了出去，趁這十五分鐘的空檔去買汽水小吃，補回趕來上課前來不及吃的早餐。課室裡沒有其他人，剩下俊明一個，少有的安靜忽然顯得怪怪的，像平日車水馬龍的馬路變成空無一人，是難得片刻安寧的機會。

　　班裡大部分人都是今年新來的學生，有些來自比較出名的中學，會考的成績不錯但不足以在原校升讀預科，又不願意重讀中五年級，所以轉校爭取參加明年夏天的大學入學考試。他們很快便在小息時成為一堆堆的群體，熱衷的話題離不開怎麼準備考試，能在那裡聽到流言中，明年的熱門考題等等，像愛好賭馬的人捉摸必贏的貼士般，經常爭論至面紅耳赤。還有一批是原校中五年級升上來的學生，大家早已相熟，所以也常常走在一起。

　　另外有些人，可能習慣了學生的生活，不急著踏足社會就業，家裡又沒有必須立刻打工賺錢的壓力，所以想將告別校園的日子盡可能往後推。

　　剩下的少數是中五會考成績剛過關，但入大學機會不被看好

的一群，轉校升讀中六主要不想放棄參加的機會，縱使心中明白只有接近或等於零的勝算，俊明知道自己是其中之一。

上課鈴應還有幾分鐘才響，正在這時候，傑腳步沉重走進來，甩掉背著的書包朝桌上摔過去，兩腿一伸，身子像癱了般坐下，震動的聲響在空氣中迴旋，把俊明從沉思中喚醒。

傑低頭呆坐，像惡戰了整個回合賽事被判敗陣的拳手，兩眼直直看著空洞的課室。

「真倒霉！」傑像在嘆氣，又像在咒罵：「天天都倒霉。」

「每天都在門口碰上他，天天也倒霉。」傑看見俊明好奇的眼神，像在為自己解釋。

「有人看到你讓訓導主任帶上校務處。」俊明說。一般來說這不是好消息，只看會壞到什麼地步。

傑沒有說下去，兩手卻不在意地抹一抹腦後長及衣領的頭髮。開學時環繞兩耳後染成金黃一圈鬆散的卷髮，現在已經剪去，長度從及肩變短了，觸不到襯衫的領口，不過髮尾還有不到半公分的末梢仍然帶有褐黃的顏色。

「我已去了剪髮，師傅剪得不乾淨，我回到家才發現，訓導主任說這是不守校規的證據，」傑像一肚子氣沒地方發洩。

「下課之後去剪不就好嗎？」俊明問。

「訓導主任說犯了校規，警告無效便要罰，一定要檢討、改正，否則踢出校，無情講。」傑似乎定過神來，語調回復平淡。

俊明問怎樣罰。

「要罰抄『我要守校規不再染頭髮』一百次，明天交。」傑

做了個剪髮的手勢：「還有限三日內把有色的髮尾剪乾淨。

俊明想：我們這些預科學生差不多是成年人了，還要像小學生般對待。

「難道他們就想不到什麼更像樣的懲罰方法嗎？」傑的笑容帶著嘲諷，好像被罰的是別人，而不是自己。

「懲罰就是懲罰，還要分像不像樣嗎？」俊明應了一句。

「罰不罰也好，反正都慣了。」傑的兩手又再在膝蓋上拍打，為他自己才聽得到的樂曲敲出節奏。

*****

好不容易等到星期五，上了一週的課，科目儘管不同，重點都在準備明年春季末舉行的大學入學試。同學們聚在一起，多數談的話題都是考試。成績好的會分派到進大學的機會，剛好合格的話，進不了大學也算是中六畢業，可以去找工作。合格與否明年都可以再考，不過結果也是不保險的。

傑永遠不會介入和考試有關的話題，而其實俊明很少看見他參加任何討論，閒話也不多。他在學校看見俊明的時候，總會談這個星期在練哪一隻歌，而他們都期待星期六下午去旺角的出租Band 房夾歌。

今天上課時不見傑的蹤影，俊明感覺到他可能碰上了麻煩。

「真倒楣。」傑又是在第一個小息回到課室，坐下來便吐出了這句話。

「今天又怎樣了？」

「為什麼他總不放過我？」

傑說的「他」，俊明相信是訓導主任。

「你不是今天交了罰抄嗎？」

傑搖頭：「這麼幼稚的事我做不到。」

「那訓導主任要怎樣？」

「他說要見家長，算是最後機會，再不合作要踢出校。」

「早知我寧願抄了給他算數，我去哪裡找家長來見他？」傑嘆氣說：「現在麻煩了。」

他這樣說聽來有點怪怪的，俊明不太明白。這時上課鐘聲響起，同學們湧進課室。這一課是班主任 Miss 張教的英文，今天她如常穿整齊的深色套裝衣裙，放下手上的大疊功課本子在桌上，靜靜地站在黑板前好一會，有種不對勁的氣氛開始在課室散發。

簡單交代班長派發同學們的作文功課後，她叫了傑的名字，示意和她到課室門外，對他講了幾句，然後兩人回到課室。

傑收拾起他座位上的課本等東西，塞進書包一言不發地走了出去。他的眼神還是一片空洞，看不出任何異樣。

班主任看著傑的背影消失，靜默了好一會，忽然拿起粉筆，開始面向黑板疾書。

「各位同學請打開課本……」她在黑板寫了一堆英文生字，一邊說。

班上少了一個人，好像也沒有造成什麼影響，整堂課順利進行。有些同學壓低聲音交頭接耳，也很快便結束，不過俊明心裡

總總拋不開「傑到底怎樣了」這個問號。

傑連續兩天沒有上學，俊明開始有點不安的感覺，也擔心這個星期六下午會不會再來夾 Band。傑提過下次同樣時間老地方繼續，但之後沒有跟他細談。俊明雖然有些不太習慣這茶餐廳樓上的樂室環境，出入的人也怪怪的，但俊明還是很回味大家合作暢順時，把音樂和歌曲重現的一刻，渾身上下的細胞突然一起像在和唱般興奮，實在難以形容——那怕只有幾秒鐘，已足以令他整天精神爽利。

下課時，班主任在課室門邊把俊明叫住。

「你和何志傑是不是比較熟？」她問道。

「算是吧，我也是轉校來這裡才認識他。」

「有同學說傑不太理會別人，但好像只會和你多些交談。不是嗎？」班主任問。

「我們是有些東西可以談。」俊明說。

「可以告訴我嗎？」

「我們組織了樂隊。」

「什麼樂隊？你們也在有玩鋼琴、小提琴嗎？」她問。

「不是古典的東西，不是校際音樂節那種，」俊明說：「我們在夾 Band，玩流行音樂，是叫做『樂與怒』 ——Rock and Roll，又叫做搖滾樂的那種。」

「是不是幾個人一起玩電子樂器又打鼓，插上大喇叭，聲音很大的東西？」

「可以這樣說。」

「那我知道怎回事，我弟弟曾經玩過，還帶我去看過一、兩次，吵死人了，不過他們玩得挺開心，唱的英文歌有一兩支還算好聽。」她笑了笑：「你們一起玩了很久嗎？」

「我們開學時談到這件事，幾星期之前才第一次碰頭夾Band。」

「你知道他家裡的情況嗎？」班主任問。

「不知道，他沒有提過。」

「我打過電話去他家，卻接到什麼上海街的公寓去了，我沒說完對方便掛斷。」

她說了個電話號碼，俊明記得和傑給他的好像一樣，但俊明從來沒有撥過這號碼。

「訓導主任李 Sir 找過我，談有關開除傑的事情。」

Miss 張嘆了口氣，說：「雖然開學沒多久，但我覺得傑並不是壞學生，踢出校太嚴厲了。我希望多給他一次機會，年輕人留在學校比流離浪蕩會好些。你覺得他會想留下來嗎？」

俊明有點驚訝，以他所知很少老師會這樣留心『問題學生』的結局。他所認識知的傑，不是個愛上課念書的人，不過他挺守規矩，從來不給課堂或同學製造麻煩。他不愛理會別人，別人也不理他。

「我問過傑喜不喜歡這裡，他說不喜歡，但除了學校之外，他不知道每天應該去哪裡，也不知道現在可以做什麼。他說每天坐在課室，至少給他一些日子安定的感覺。」俊明說。他記得這是罕有地聽見傑吐露心聲的一次。

「我問過一些同學，希望有人知道怎樣找到他，但他們對他很陌生，好像只有你和他接觸比較多吧。」

　　她頓了頓，對俊明說：「如果你碰到傑，記得叫他立刻找我。我和訓導主任談了很久，他願意再給學生最後的機會，只要傑寫悔過書保證守校規，便讓他回校上課，但要儘快做妥，你願意幫忙告訴他嗎？」

　　其實俊明除了傑的電話號碼外，其他事情他都不清楚，不過Miss 張態度懇切，又把傑報上學校的住址告訴俊明，他沒有多想便答應了。

⚡ 在上海街的等候

　　俊明站在這棟唐樓外面差不多兩個小時。近黃昏時分，上海街來往的行人和車子多了，不過沒有外面的彌敦道那般熱鬧。樓下粥麵店門口側架起一盤大油鍋，撈出熱騰騰冒煙的油炸鬼和牛脷酥。店子亮亮的牆壁像沾了一層薄薄的淡黃色食油，牆角擺動的電搖扇吹送著陣陣香味。樓上走下來兩個臉上化了濃妝的女人，身上穿像很舊、沒替換的套頭薄棉衣和短褲，靜靜走到角落坐下，匆匆一邊吃，一邊用紙巾抹頸上的汗珠，吃完又急步跑上樓。聽她們拋下一句「後數」，粥店老闆收拾桌上的碗碟，臉上帶著怪怪的笑容目送她們的背影。

　　在旺角近海港的一帶，是九龍區屬於較老的市區，在七十年代仍然有不少二戰之後才建成的樓宇，一般香港人叫這些做「唐樓」，樓高八到十層不等，層數低或不過三層的沒有升降機，住客上落要走窄而黑暗的樓梯。唐樓每層通常有幾個面積比較大的單位，可以間成多個木板間隔的小房間分租出去，俊明小時候住過這樣的地方，同屋鄰居多是基層入息的家庭。有些相連單位打通用來做生意，是小型企業的辦公室兼工場或貨倉。在近上海街和砵蘭街的地方，有些面積較大的單位裝修了多間小房間，作為以小時或天數計算的出租公寓，俊明按地址找到的就是屬於這類。

　　旁邊向西靠新填地街、塘尾道那邊，就是維多利亞海港，泊了許多一行行運貨的躉船，偶然吹過來的海風又暖又濕，還可以聽見船隻拉響低沉的汽笛。有不少堆滿紙箱貨物的木頭車在路口穿過，推車的工人滿頭大汗，赤裸的上半身在頭後搭條大毛巾。

俊明不知道要等多久才會看見傑，剛才他按班主任給的地址走上去，門口櫃台兩個大漢說這裡是公寓，只招待成年人，隨即把他送出大門。

俊明正在想他那身上還穿著校服，難道就這樣可以肯定不是成年人？這刻突然有人用力拍他的肩膀。

「你在這裡幹什麼？怎麼會這樣碰巧？」

傑的臉容有點疲倦。

「不是碰巧，我是來找你的。」俊明說。

「找我？」傑一臉狐疑，說：「什麼事？你怎知道來這兒？」

俊明告訴他班主任 Miss 張的訊息。

「所以你今天來這裡想等到我出現？」

「你這個星期沒有上課，你給我的電話號碼不是說打錯，便是沒有人接。」

「是嗎？電話好像壞了。」傑支吾地解釋。

「還有想和你確認一下，明天星期六是不是照上次約定時間再夾 Band ？」俊明問。

「當然照舊，老時間在 Band 房見。」回答來得很爽快：「夾 Band 是風雨不改的。」

「Miss 張叫你回來上課，你會嗎？」俊明問。

傑低著頭，沒有回答。

「我覺得你最好來上課，上得一天就一天。」俊明說：「你每天總要找點事情做吧。」

「學校的功課很難跟得上，」他說：「還有那個訓導主任，我受不了。」

「功課我可以幫忙。」俊明說：「主任的事，Miss 張說她會有辦法，但你要來上課。」

「之後又怎樣？」

「誰知道將來的事情？」俊明只能老實回答。

他想了一回，很微弱地點了點頭，幾乎看不到的微弱。

「就這兩樣事情找你，沒有其他。」

傑想了想，說：「Miss 張真的說我可以回去上課嗎？」

「這些不是我編出來的，她說你能上學便最好不要放棄，想通知你星期一是最後機會，一定要出現，但跟你聯絡不上。」俊明說：「她說跟訓導主任談過，可能寫個什麼悔過書之類吧？總之讓事情有個交代。」

「寫就寫吧，反正是一張紙而已。」傑滿不在乎的樣子：「不過我不懂怎樣寫，你中文比我好，可以幫忙嗎？」

「沒問題，明天夾 Band 時再談吧。」俊明說：「你星期一肯定會出現嗎？」

「我答應了的事情，一定不會反口。」他拍拍胸口。

「我可以起草稿，但最好你自己抄一次才交出去。」俊明說：「就這樣說定吧，我走了。」

俊明剛轉身，傑卻把他叫住。

「有件事想你幫手，你有沒有認識誰懂得玩 Keyboard ？即是玩電子琴，會彈鋼琴也成，我們這隊 Band 如果有人玩鍵琴，可以多玩些歌曲，肯定會好玩些！」傑說。

「我的朋友裡沒有什麼鋼琴高手，不過可以找找看。」俊明說。

傑突然像想起了什麼，問道：「你打不通電話，放學就來找我，是嗎？」

　　俊明點頭。

　　「你怎知道在樓下會等到我？我可能不在家，這地址也有可能是寫錯的呢。」傑問道。

　　「我沒想到這麼多，也不曉得會站多久，但我只知道可以來這裡找你，剛才我正在想要不要再等下去。」俊明聳聳肩說。

　　「你怎知道一定會等到我？」傑一派難以置信的樣子。

　　「我不曉得會不會找到你，但我答應替 Miss 張帶話給你。」俊明說：「現在你知道了，你自己決定想怎樣吧，我要回去了。」

　　傑點點頭，呆呆地看著這個相識才幾個星期的同學兼樂隊成員。

　　「謝謝你啊！」俊明聽到傑在身後大聲說。

⚡ 鞋帽部的顧客

　　不知道是否連續好幾天放公眾假期的緣故，這個星期日來百貨公司購物的人特別多，店裡要俊明今天去鞋帽部幫忙。忙碌的時候他常要同一時間招呼幾個人客，男女客人或一家大小都有，試穿的尺碼不合適，便要回倉拿不同的大小或款式再試，直到人客滿意為止。同事們進進出出不知道多少次，倉庫的門檻快要被踏扁了。

　　鞋帽部張部長老練地指揮幾個店員分頭招呼川流不息的人客，他示意俊明走去照顧一位衣著得體的中年太太。

　　「麻煩你找這一款鞋給我試試，」她手指架上一款黑色漆皮高跟鞋：「歐洲碼三十五號應該差不多了。」

　　這鞋子的款式雅致，義大利名牌製造，算是店裡標價最高的「來路」女裝鞋之一。

　　「太太，三十五碼對你可能小了一些，相信三十六號半會合腳些。」俊明經常在鞋帽部幫忙，自信看尺碼已累積了些經驗，而且差距大的話他便要進出倉庫跑多幾次，所以尺碼看得準有助省點腳力。這位人客的身材高挑但不很瘦削，腳掌應該不會太小。

　　「你去拿雙三十五碼就對了。也許三十四碼半更合適呢，你不如兩個尺碼都拿來試試吧，省得你要跑多次。」這位女士帶著微笑說，聽來像看穿了別人的心事，之後宣布一個沒有討論餘地的決定。

　　倉庫裡這款式的尺碼很齊全，隨手找到三十四碼半，但他總

想她怎可能合腳，特別這是很貼腳的真皮索帶涼鞋款式，穿上必須合乎尺寸才好看。

「太太你想先試哪一雙？」俊明把兩雙不同尺碼的鞋子放地氈上，鞋面配上小巧金扣子的黑色漆皮在燈光下閃亮。

她好像聽不見俊明的話，眼望向擺放帽子的攤架那邊。

「你快點過來，試試這款鞋。」這位太太朝鏡子前面試戴彩色花草小帽子的年輕女孩呼喊。

女孩快步走過來，皺著眉頭脫下腳上的網球鞋，接過俊明遞過去的鞋子試穿。她抬頭看到他的臉，驚訝地說：「你怎會在這裡？」

「我在開工。」俊明指指掛在胸前的職員證：「我們在琴行見過面嗎？你叫珍妮。」

「我也記得你。」她點點頭：「你不是在上學嗎？宏基說你念預科。」

「這是兼職，我平日上課，星期六、日，還有公眾假期才來上班。」

珍妮身旁那位太太帶著狐疑的眼神看著他們。

「他是方俊明，」她連忙介紹：「他跟宏基學琴。」

「我跟宏基學結他。」俊明說。

「對，他玩結他。」珍妮立即更正。

「她是我媽咪。」珍妮定下神對俊明說，有點驚恐又滑稽地伸了伸舌頭。

這位女士似乎並沒有聽見，注視俊明的眼神像個嚴肅而不會苟且執法的球證。

「Auntie，你好。」俊明說。

「叫我林太吧。」她說。

「你好，林太。」俊明依她的話作出修正。

林太回了個匆促的微笑，催促珍妮快點試鞋。

俊明站在一旁沒多久，部長叫他招呼一位找到合適鞋款的男客，帶他去收銀櫃台付錢。這位人客似乎在趕時間，匆匆接過放在購物袋裡連盒的皮鞋便轉身離開。

這時人客暫時像少了些，俊明回看珍妮穿上高跟鞋試步，樣子挺不情願地在嘀咕，她媽媽雙手抱胸挺直腰桿默默看著，像在思考怎樣作出判決。

忽然她手指向晚裝鞋的陳設架上最華麗的一批款式，轉身對俊明說：「我想讓她試試這些，你拿合適的尺碼來吧。」

「全部都要試嗎？」這一行共有五、六款不同設計的黑色高跟鞋，俊明想確認一下她的指示。

「對。」林太肯定地回覆：「每個款式都拿三十四號半和三十五號試試看。」

俊明從倉庫進出了好幾次，才把要試的高跟鞋都找齊，一一放在地毯上。

店內廣播了一小段音樂，工作人員知道這是分批用午膳的訊號。俊明今天屬「頭圍」也就是第一批。三十分鐘後再聽見同一段音樂，表示第二批可以去用膳，而第一批用膳的工作人員應該已經回到崗位，好讓別人去吃午飯。

珍妮面前的鞋盒堆像個小山丘，她愁眉苦臉地逐一試穿，在她媽媽面前來回走幾趟，耐心等待一次又一次的裁判。

附近的店員只剩下資深的劉姑娘，她正在童裝鞋那邊忙著招呼一個有幾個小孩的家庭，俊明想這刻自己可能跑不開吃午飯了。

　　「對不起，太麻煩你了。」珍妮趁她媽媽走開挑別的鞋款，悄悄對俊明說。

　　「別客氣，這是我的工作。」他盡量若無其事地回答。

　　「俊明，你今天中午吃頭圍，夠鐘了還不快去？」劉姑娘從遠處收銀台叫過來，剛才帶著小孩的家庭提著購物袋滿意地走了。

　　俊明搖搖頭，手指地上的一堆鞋，劉姑娘回給他慈祥的微笑。

　　「不好意思，令你去不了吃飯。」珍妮說。

　　「沒所謂。」俊明保持若無其事的語氣。珍妮看到媽媽走回來，連忙低下頭繼續穿鞋、試步，像個在教練面前努力操練的球員。俊明在旁把地上的許多鞋子整理排列，試圖避免一片混亂的樣子。

　　店內又廣播了一小段音樂，劉姑娘「二圍」吃午飯的時間到了，張部長剛好回來。

　　「不行、不行，這些款式和你都不合襯，你爹哋的老友應該聘個跟得上潮流的買手了。」林太作出了終極判決：「我們吃了飯再去連卡佛看吧。」

　　珍妮沒有吭聲，跨過一堆高跟鞋跟著她媽媽身後。經過俊明身邊時，她用幾乎聽不見的微弱聲音說：「俊明，很不好意思。」

　　「沒什麼。」他輕聲回應。

　　地上攤開了十多雙鞋，俊明在想，要多久才能逐一放回對應的鞋盒，再搬回倉庫裡本來所在的櫃架上？這時感覺到有隻強而有力的手拉著他臂膀。

「你把找回我的錢收在哪裡？總共有七塊多呢，快點說！」這是剛才俊明不久前招呼過的男客人，怒氣沖沖地手指他的臉。

他一輪夾雜粗言的責難撲面而來，像抓到了小偷那樣激動，俊明來不及辯白，怔怔站著承受責罵不知如何是好。

「這位先生請冷靜一下，大家先了解事情好嗎？」張部長身子擋在俊明面前，保持很專業的笑容。

「還要了解什麼？找回的錢哪兒去了？」他的怒氣正盛，微禿的頭和圓圓的胖臉在冒汗：「你的伙記手腳不乾淨，你知道嗎？」

張部長看著俊明，似乎在等他的回應。

「我什麼也沒有拿，剛才你把收據和找給你的零錢塞進鞋盒子裡。」俊明說。

「胡說！我一向小心錢財，一定穩妥收在皮包，怎會把錢隨便放在鞋盒裡？」他拍打自己手上打開的皮夾子錢包，再指著俊明身上和褲袋，對部長說：「我要搜他的身！」

「我沒有拿你的錢，你憑什麼要搜我的身？」俊明退開一步，感到心中熾熱的怒火：「這太沒道理了！」

「你不肯搜身即是有嫌疑！」人客斬釘截鐵地說：「我要報警拉你！」

部長舉起兩手像在壓抑眼前的火爆氣氛，說：「我對職員很有信心，但人客有投訴也一定會處理。」

「你是部長吧？你說怎麼處理？」他把矛頭轉向張部長。

「我們由簡單容易的做起，好嗎？」部長冷靜而堅定地說：「請你先細看一下你的購物袋。」

「你這樣是偏袒你的伙記，你是不是同謀？我報警你會有麻

煩！」人客堅持著。

「報警是你的權利。」部長沒有讓他唬倒：「你在購物袋裡找不到的話，再查我的伙記。」

人客把東西攤放在收銀櫃台上，袋子裡是一對 Bally 皮鞋的鞋盒，打開赫然看見皮鞋旁邊的收據，還有一張五元紙幣和好幾個硬幣，夾在填塞皮鞋的紙團旁。

「先生，你數一數錢看對不對？」

人客匆匆點算了一下，把鈔票和零錢塞進褲袋。

「先生，你現在滿意吧？」部長禮貌地回復專業的笑容，不過眼神是冷冷的。

「算你好彩！」人客三扒兩撥把皮鞋連盒塞進購物袋，走前對俊明拋下了這句話。

部長抒了一口氣，對俊明說：「沒事了，去吃飯吧。」

俊明這時候胸口還在激盪，呼吸還未平順下來。一種無奈而軟弱的感覺佔據了腦海：他只是在工作賺取補助生活的費用，別人憑什麼可以隨意地對他責怪和羞辱？

他記得還在剛升上中學的時候，打住家工的母親曾經為被主人家說「打斧頭」，要搜她的物品，令她一肚子氣辭了工，回家飲泣了許久。後來找到另一個僱主，但條件是只有週末才能回家，俊明便開始學懂要照顧自己的生活，盡量在上學、做功課，還有穿衣飲食方面，都不用別人擔心。

「別想太多了，這世界什麼人都有，不值得為他們谷氣。」張部長看他呆站著，結實地拍了拍他肩膊：「樓上的食堂已經收工了，你坐下歇一會順順氣，再出去外面買東西吃吧。」

部長拉俊明到店面一角，人客試鞋用的椅子坐下歇息，便去招呼下午出現的另一批顧客。

　　「你心情怎樣了？現在有胃口吃午飯嗎？」劉姑娘走過來笑容有點神秘地問：「漢堡飽？」

　　「沒事了，我現在就去買。」俊明抒了一口氣，說。

　　「不用買了。」她指指收銀櫃台一個棕色紙袋，上面印了麥當勞商標和卡通人物。

　　「有大大個漢堡飽連薯條，夠你吃了。」她笑著說：「還有杯冰凍可樂，是個套餐呢！」

　　「劉姑娘，怎好意思讓你……」

　　俊明話才一半，她立即截著說：「不是我買的，不要謝我。」

　　「不是你？那是……」俊明問。

　　「剛才你不是招呼一個試許多高跟鞋的女孩？和她一起應該是她媽咪吧？」劉姑娘有點急不及待地揭露真相：「她把漢堡飽放在櫃台，說是買給你，便急急腳走了。那時候你和部長正在應付那個在吵鬧的人客，我沒有叫你。」

　　俊明咕嚕著道謝。

　　「這是那個女孩買給你的，不用多謝我。」劉姑娘說：「她是你女朋友嗎？」

　　這問題俊明一時間呆著答不上話，隨即連連搖頭，答非所問地說：「沒有，沒有……」

　　「人家好像很有你心呢？」她這句話聽來不似是問題。

　　俊明看看部分仍然攤在地上的幾雙高跟鞋，忽然覺得耳根有點盪。

「快點趁熱吃吧。」她笑著催促說。

張部長叫其他同事幫忙把地上的鞋放回倉庫，他們經過正在細嚼漢堡飽薯條的俊明身邊，不忘對他眨眨眼，臉上帶著佻皮的微笑。

⚡ 危險的決定

俊明提早來到 Band 房所在旁邊的大街口，等了差不多半個小時，這是他告訴珍妮的會合地點。Band 房在旺角球場附近，怕她找不到，俊明相信這些偏僻的內街不是她平日會去逛的地方。

看看手錶已過了約定的時間好一會，他心裡打定輸數。俊明想如果她有興趣的話，昨晚她應該會打電話來問清楚，或許她不想對一個還是很陌生的人說不，也許她不當這是一回事情，置之不理便算了。也許宏基沒有碰見珍妮，她對今天的事情根本什麼都不知道。

許多的「也許」，都是由於上星期一次無奈的嘗試。

星期五那天，俊明打開琴行裡一個接一個小練習室的門，終於在最尾的一間找到宏基，他頭上戴了一對大大的耳機，雙耳完全包在半圓型的厚墊裡，手抱結他跟隨音樂在彈撥，沉醉在他自己的世界。

「我想找珍妮，她今天會來教琴嗎？」俊明問宏基。

「她今晚好像有學生，但有時會改期。」宏基說：「答案是：很難說。」

「我不是想找她教樂理看譜什麼的，」俊明對宏基說：「我想邀請她加入我們樂隊玩鍵琴，你認為她會有興趣夾 Band 嗎？」我問。

宏基放下結他，嘆口氣說：「不知道，她一向只玩正統古典，其他一律不碰。應該沒有指望，講完了。」

「我們樂隊需要鍵琴手，如果她一起玩會有發揮的機會，也可以試試不同的東西。」

「說的不錯！」宏基說：「她有天份，很早已經在我們這裡開始學琴，水平很高，有潛質、有創意，限在某一領域似乎有點可惜。」

「你可以向她提一下嗎？」俊明向宏基發出請求。他和珍妮不熟，上次碰面談音樂，也好像不怎麼投契。

「她其實曾經講過，也喜歡一些時下流行的歌曲，但不敢玩。」宏基說。

「為什麼不敢？什麼意思？」俊明感到奇怪。

「她父母家教很嚴，不准就是不准。」宏基說。

一般人說年輕人「沒有家教」是很不客氣的話，然而似乎「家教很嚴」也不是好消息，俊明慶幸自己沒有類似的煩惱。

「請你和珍妮講一下，希望至少她來看看，如果不喜歡也沒所謂。」他說，又把星期六下午夾 Band 的時間和地址寫在字條上，說會在街口等她，還加上他家的電話號碼遞給宏基「有什麼問題可以打電話給我。」

「老實告訴我，」宏基站了起來，一臉嚴肅：「你想追珍妮？」

「沒有，我絕對沒有這樣想！」俊明搖著雙手否認。

「真的？」宏基說：「你不怕認了吧？追女孩並不犯法。」

「我真的沒有這想法！」俊明申辯：「我只是為我們樂隊找人幫手而已，完全沒有其他。」

宏基瞪著眼，裝著兇狠的神色說：「如果你騙我，我不會放過你！」

「你可以相信我。」俊明說，舉起右手三根手指，像在發誓。

宏基神情鬆了下來，看了看字條收進口袋。

「我可以試試看，不過什麼也保證不了。」宏基擠出了勉強的微笑，戴上耳機抱起結他，回復平日的溫文儒雅。

「祝你好運。」他說。

＊＊＊＊＊

從彌敦道來的方向沒有珍妮的影子。所有巴士幾乎都走這條貫穿九龍的要道，下了巴士都要從那邊走過來，似乎宏基說的好運今天不會發生了。

再看手錶，俊明不能再站在這裡呆等下去，反正他沒有告訴傑可能找到人玩鍵琴這回事。他今天一個人出現，也不會令其他人失望。

「嗨！」身後清脆的聲音把他嚇了一跳。

「不好意思，我遲來了，你沒有等太久吧？」珍妮把手裡捧著的東西塞進肩上大帆布掛袋。

「沒有，我才剛到呢。」俊明定下神來，發覺自己言不由衷。

「是嗎？我最不想遲到了，但整天跑來跑去總是趕不上，別人都說我是遲到大王。」

「遲到總比不到好，」俊明老實說：「我還擔心你不會來呢。」

「是嗎？那你為什麼還在等我？」

「我這個人比較固執。」他加了一句：「沒有你那麼聽話。」

「你認為我是個很聽話的人嗎？」

俊明點頭。

珍妮低下頭嘆了口氣，聲音很輕像自語自語：「其實我的固執也和你差不多。」

「你坐哪路的巴士？不是應該從彌敦道那邊的車站走過來嗎？」俊明問。

「我不坐巴士，」她的笑容有點鬼馬，指指後面的街口：「我坐在浮雲上，從天而降。」

「真的嗎？」

她聳聳肩，沒回答。

「對了，我要謝謝你那天買的漢堡飽。」俊明邊行邊說。

「那天招呼我那麼久，害你沒飯吃，算是補償吧。」她說。

「那太麻煩你了，你和你媽咪不是要去繼續買鞋嗎？」

「她上了你公司的寫字樓，我趁機溜去隔壁的麥當勞。」珍妮說：「她和你公司的大老闆很熟。」

「那頓午餐買了多少錢呢？」俊明問：「我應該還你。」

她白了他一眼：「好心你啦，不要那麼婆媽好嗎？」

俊明只好點點頭，想起珍妮的媽媽總是沒有討論餘地的決斷。

這段街道比較僻靜，珍妮今天沒有戴那黑框大眼鏡，穿件鬆身的長袖棉衣，淺杏色長褲和白布鞋，兩隻大眼睛不斷掃視周圍，連跑帶跳繞過車房外面地上的油污。兩個光著上身在修車的年輕人圍著打開蓋的車頭，側過頭送來好奇目光。珍妮加快了腳步，不慎踢翻了橫放地上的一盤子工具。

「對不起，」珍妮平衡身子，慌忙連聲賠禮。

「你 OK 吧？」車房門邊也是光著上身的小伙子聲音雄渾有

勁地回了一句，邁開大步走過來。他一頭及肩的長髮電得捲曲，濃眉大眼，潤潤的嘴巴帶著一派滿不在乎的笑容。

俊明認得他上次背著個電結他和一隊人擋在 Band 房門口，別人叫他做「大威」。

「沒事，沒事。」珍妮急應著退後兩步，像避開地上一堆熾熱火炭般，頭幾乎碰到背後架起來一輛待修的汽車。

「用不著這麼害怕，」大威拿毛巾揩擦胸前和肩膀和了黑亮油漬的汗水走過來說：「你未見過有人出汗嗎？」

俊明伸手將不知所措的珍妮一把拉開，讓她站在背後。

「你不是彼得那隊 Band 的嗎？我記得上次見過你。」大威斜眼看著俊明說：「今天又夾 Band ？」

「我也記得你。」俊明回答。

「沒事便好了，我們很快會再碰面。」大威拋開手上的毛巾，拾起地上的工具，回到旁邊一輛擋風玻璃破裂的跑車：「今天我要修這架『波子』，沒空陪你們玩了。」

他像對俊明說話，但兩眼卻離不開珍妮。

珍妮兩手捉緊俊明手臂，快步跑過車房門口，背後傳出其他車房工人帶惡作劇的一陣爆笑聲。

俊明帶她到一幢舊式唐樓前停下。

「Band 房在樓上嗎？」她怯怯地問。

他點頭，指指燈光昏暗的門口。

「上面的人是不是也像那些……」她指指車房，看來心情又陷入緊張狀態。

「差不多，有些可能更加……」俊明回答。

「你可不可以不要這樣老實呢？」珍妮說：「這樣我會更害怕了。」

「我很抱歉，但我不能騙你。」

珍妮深深吸了一口氣，強作冷靜。

「你帶路吧！」她說。

進了門櫃台不見人，俊明帶珍妮來到上次他們租用的同一間房門口，裡面傳出低沉的音樂聲。從門上的小圓窗看進去，傑和彼得已經在合練結他和鼓的部分，門一打開震耳的聲音像海浪般衝面而來，珍妮立即雙手掩耳，眉頭緊皺。

「幹嗎聲音這麼大啊？」俊明勉強聽見她這句話。

傑和彼得正各自低頭玩得出神，沒有留意有人進來，俊明走到傑的鼓座前面揚手引起他的注意。傑霍地停了猛力的敲擊，彼得也跟著停下，將連接電結他的大型擴音箱音量調低。

「她是珍妮，我找她來玩鍵琴。」俊明說，並向她介紹了傑和彼得，大家帶點腼腆地打了招呼。

「你一向玩些什麼歌？」傑打破了持續了好一會的沉默。

「我平日玩古典音樂，好像巴哈、貝多芬那些，」珍妮像在回答口試：「沒有歌詞，純音樂。」

傑轉頭看著俊明，臉上浮出勉強的微笑，像對他說「你是在開玩笑吧」。

「歡迎你。」彼得展現紳士風度，伸手和珍妮輕巧地握一下。

「古典音樂很高深的呢！」他補充了一句：「我們多數玩流行音樂，英文歌。」

「他有告訴我，」珍妮指指俊明說：「今天我來看看。」

「你想看些什麼？」傑問。

「我從來沒看過別人夾 Band。你們玩什麼，我就看什麼。」

彼得提議玩英國樂隊 Deep Purple 的 *The Gypsy*。他們剛開始練習分段的合奏，有點走板，俊明唱得也很不怎樣，但他們都很盡力玩奏，身上都讓汗水沾濕了。傑趁空檔搓揉兩手，把鼓棍在手指間純熟地迴轉。

珍妮坐在角落兩手掩著耳，直到歌曲停下她才放低雙手。

「是不是一定要這樣大聲玩奏才行？」她問道。

「一定要這種音量才行，不然沒有搖滾味道。」傑的語氣很堅定：「其實這首已經不是最吵耳的一首。」

「搖滾樂也有慢歌嗎？」珍妮想到了另一個問題。

「當然有！」傑說。

他們試了 *Soldier of Fortune*，是 Deep Purple 節奏比較慢的作品，歌曲不複雜並帶些搖滾樂少有的傷感。

珍妮坐在電子琴後動也不動，但手不再掩蓋著耳朵。

「怎麼樣？」彼得問。

「這首好些，不算很嘈吵。」

「有興趣一起玩嗎？」彼得提出了問題。

「請暫時不要問我。」珍妮搖手說：「你們繼續玩，就當我不存在，可以嗎？」

傑聳聳肩，點點頭，他們也就不理珍妮，按之前說好作為樂隊開始的幾首曲子，一首一首的夾下去。有些段落不太純熟，出現「炒粉」的地方，不管是誰弄不對了，都一起再來一次，重複好幾遍直至解決問題，比較暢順完成一段。

「夠鐘了，你們要再租一個小時還是怎樣？」房門打開，衝進來是貝麗的聲音。她今天依然一頭長髮紮了一條馬尾，耳下一對大大的圓耳環在搖動。

「我們走了，下星期再來。」彼得解下肩上的電結他。

「今天怎麼啦？你們帶了個靚女來啦？」她看見走出房間暗角的珍妮，像發現怪物提高了音調說。

珍妮瞪了貝麗一眼，低下頭匆忙走過。

「第一次來嗎？叫什麼名字？」貝麗斜眼看著彼得說：「是你的朋友嗎？」

彼得背轉身，把擴音機一排音量旋鈕逐個調低，避開了問題。

「是你的朋友吧？」貝麗轉向傑，傑抬頭看天花板逕自走開，她再看著俊明。

「這樣怕醜怎會來玩 Band 呢？」貝麗叉著腰，很不滿意得不到答覆。

俊明無奈地笑笑，腳步已走出房門。

暗暗的走廊外擠了十個八個人，像在等著房間練習夾 Band，長長的頭髮染了顏色或是電成波浪鬈曲，花花圖案的衣服，俊明開始習慣看到這些模樣。

「嘩！斯文靚女啊！」珍妮剛走過他們身邊，有人大聲說。

「怎麼沒聽見過你讚我斯文？」人堆一個女孩話音尖銳地投訴。

「說你斯文嗎？有人相信才怪呢！」另一人回了句，跟著是一陣爆笑。

「怎麼今天你們總是不回答我的問題？」貝麗不肯放棄，跟在他們後面追問。

「她是我們的朋友，」傑說。他和俊明一前一後像護衛般帶珍妮出去，沒理會這批人在後面說些什麼。

傑在櫃台付錢預訂下星期的租費，突然說：「你們先下樓，我一會兒下來。」跟著走進剛才那群人佔用的房間。

俊明不知道傑去幹什麼，彼得快步跑去從門上的小窗看了一眼，跟著示意俊明和珍妮擠進那特小型的電梯。俊明關上木柵閘門的時候，聽見珍妮長長抒了一口氣。

「傑在房間裡幹什麼？」俊明問彼得。

「不知道，但看樣子好像和這幫人『講數』。」彼得說。

「講數？是不是電影裡面黑社會的什麼……」珍妮瞪大了雙眼，吃驚地說：「他們會不會『打什麼片』……打起來？」

「你說打架嗎？他們叫『開片』。」彼得更正。

珍妮張開口，說不出話。

「不會的，傑有辦法擺平，你不用擔心。」彼得輕鬆地加上一句。

「對，不會有事的。」俊明也奇怪為什麼自己這樣鎮定。

珍妮手掩嘴巴，沒有再講什麼。

走出大廈門口時，彼得說留下等傑，提議珍妮一起去旁邊的金鳳茶餐廳聊聊，不過她婉拒了。

俊明把兩盒卡式錄音帶遞給她：「我們正在試玩這些歌，主要是英文歌，你可能很少聽，或者未聽過。」

「有樂譜嗎？」

「沒有五線譜，不過裡面兩張紙有歌詞和簡譜，不知道傑從哪裡找來。」俊明加上一句：「我們主要靠耳朵，反覆一邊聽一邊摸索。」

她遲疑了一下，接過盒帶。

「這裡的環境你可能不太習慣，是嗎？」俊明送她到街口，小心翼翼地問道：「我們每星期六都來練習，你會再來嗎？」

其實俊明心裡怕她直截了當說「我以後不來了」。不過他從自己的經驗明白到，早點面對冰冷的現實，勝於陷在不切實際的美麗期望裡。

「要習慣恐怕不容易……」她猶豫了一會：「以後再說吧。」

「不要害怕，大家都是喜歡音樂才來這地方，只是他們可能和你見慣的人不一樣，」俊明多口加了一句：「沒有什麼壞人。」

「如果有，那怎麼辦？」她瞪著眼問。

「我不會讓你遇到麻煩。」俊明說。

「真的？你不要隨口說。」她雙眼瞪得更大了。

「你可以相信我。」但剛說出口，他明白到自己作出了一個大膽的承諾。

「我今天來了，其實是做了個很危險的決定。」她低下頭。

「不會有人害你，你不用擔心。」他再次作出保證，儘管自覺說服力並不強。

「我說的不是這些……」她像在自言自語。

「我們玩的音樂怎樣？會不會很難聽？」俊明擠出一個問題。

「不是太難聽。都幾好吖⋯⋯」珍妮的聲音低至幾乎聽不見。

「我唱得怎麼樣？」他鼓起勇氣問：「唱的英文歌詞是不是很怪？」

「你嗎？算 OK 啦⋯⋯多練習咬字會更清楚些。」她露出溫柔的笑容，像安慰一個危疾病人。

「對⋯⋯我也知道。」俊明回應著：「你英文『咯咯聲』，可以教我嗎？」

「好，」她爽快地回應：「如果以後有機會的話。」

走到路口，她說家裡不方便接電話，不能留下號碼，會讓宏基傳話給他，跟著輕輕一聲「拜拜」便頭也不回走出大街。

俊明回到茶餐廳，傑已在坐在彼得旁邊。他把珍妮剛才的話告訴他們。

「她肯定不會再來。」彼得斬釘截鐵說。

「她不習慣在這些地方出入，不像貝麗那樣。」傑說：「不過我覺得她未必這樣容易便嚇壞，就看她到底想不想了。」

「你講中就好了。像這類的女孩，都害怕走出乾淨潔白的象牙塔。」彼得轉過來問俊明：「你怎麼看？」

「不知道，我不懂猜別人心裡想什麼。如果她願意加入，大家的音樂會好玩些。」俊明說：「她不想來的話，也勉強不了。」

「就這樣簡單嗎？」彼得一臉懷疑。

「對，」俊明說：「就是這樣。」

走出茶餐廳，俊明想起宏基說珍妮的「家教」，這令他有些迷茫，回想自小成長以來到底有沒有家教這一回事⋯⋯

⚡ 課室的小息時間

　　上午的長小息有近十五分鐘的空檔，俊明去校務處替某位老師取一些習作本，看見傑在訓導主任的辦公室內低著頭站著，主任就在他面前邊說話，邊來回踱步，兩手像音樂指揮家般在空中比劃，而班主任 Miss 張就站在一旁注視兩人。傑看來神情並不緊張，態度恭敬兩手放在身後。他很快便發現俊明在門外不遠，趁在講話中的主任沒有留意的一剎那，給他拋來一個帶點佻皮的眼神，然後立即回復認真聆聽訓話的樣子。

　　這一陣子的動靜卻逃不出 Miss 張的法眼。她很快瞪了瞪俊明，作個「立刻閃開」的手勢，俊明隨即拿著手上的一堆習作本跑開。訓導主任似乎沒有注意到這短短的一個段落，直至俊明踏出校務處門口，他的宏亮話音一直沒有間斷過。

　　「要罰抄？還是要怎樣？」傑回到班房還未坐定，俊明立即問。

　　「記一個缺點，以後要守校規、校服整潔、不能缺課，諸如此類。」傑說著，雙手在書桌上打拍子。

　　「就這樣嗎？沒有其他？」

　　「再犯立即踢出校，無情講，諸如此類。」他語氣挺輕鬆。

　　「以後最好小心些，別讓他找到你什麼錯處。」俊明說。

　　「我不會讓他找到藉口踢我出校，」傑停下了兩手敲打的節奏，說：「不過，並不是為了怕他會怎樣。」

　　「那是為了什麼？」

傑停下來思索了許久，說：「我答應了要讀完中學，現在是最後一年的中六，我好歹捱過這大半年的時間便成了。」

　　「你答應了誰？」俊明好奇問道：「是 Miss 張嗎？」

　　「Miss 張沒有要我怎樣，」傑再頓了頓，說：「我答應了我媽，無論如何也會念完中學，也就是中六畢業就算了。」

　　「這也算一種孝心吧……」

　　「這跟孝心沒有關係，」他打斷俊明的話，說：「我從來不是什麼孝順仔，她也不是什麼模範媽媽。」

　　傑一向好像什麼也不在乎，他突然說了這番話令俊明有點意外。

　　「她前晚提起我公公過身前，囑咐要供我讀完中學。我家幾代人都打魚，住在避風塘船上，沒有人讀什麼書，中學畢業更別提了。」

　　「我媽要我回學校認錯，求訓導主任批准再上課。」他說：「她找過 Miss 張，求她幫忙。」

　　「你媽媽其實也算關心你吧？」俊明說。

　　「她不是不關心，不過她要搵食照顧生意，整天沒空。」

　　「她做什麼生意？」

　　「你上次去找我的那個地方，就是她的生意，人和事都很煩的生意。」傑放低了聲音，說：「那公寓是她開的，我就住在樓上。」

　　俊明不太清楚公寓的生意，不過印象中似乎比較特殊，不像賣菜或修理鐘錶那些行業。

　　「讀完中六你會怎麼樣？」俊明問。

「不知道，到時再想吧。」傑說：「那你呢？」

「我喜歡看書，但想讀多些書除了考大學，就沒有路了。」

「這所中學極少人能考進大學，我想你一早已經知道吧。」傑說。

「我當然知道，但只有這裡才收我念中六預科，沒有其他的選擇。」

「大學入學試很難考，而且合格了大學學位也很少，你有信心嗎？」傑斜著眼問。

「我一向不喜歡考試，太多人咪書比我強多了，又是名校出來，大學這條路不是為我而設，但我又看不到有什麼選擇。」俊明一味搖頭：「無論會怎樣，去考了才再說吧。」

「你要考公開試，又花心機時間玩 Band？應付得來嗎？」傑像有意刺俊明一下。

「兩樣我都想做，試試看吧。」俊明聳聳肩，說：「有些人像彼得那樣可以十項全能，但對我來說是很難。」

「你看他們除了睡覺，吃飯時都在溫習，其他什麼都放下。」傑指了指前面幾排空的桌椅。這些同學總坐在老師面前，方便聽書和發問。老師歡迎他們熱衷學習，和他們稔熟當是徒弟般。「彼得更是超級考試專家，他自稱捉試題十拿九穩。你怎麼跟他們比呢？」

「考試是重要，但我也喜歡音樂。」俊明說：「我不能不做我喜歡的事情。」

「那很好，我們算同路中人了。」傑說。

「你媽媽不來見訓導主任，那你爸爸呢？」傑很坦白地說了自己的家事，俊明猜他可能不介意再說多一些。

「他在坐牢，我跟他不熟。」

傑直截了當的回答，俊明一時接不上話，他對記憶中自己的父親像很熟悉，但在他還在初小便已變得很遙遠。那年俊明的父親在駕駛泥頭車往地盤的時候出了意外，母親拖著他去醫院，看見的是病床白布蓋著的人形，這就是他對父親的最後印象。他奇怪之後的喪事也有影像留在腦海，但總似是別人的回憶，和他跟父親往日在一起的，僅有的一些片段，都是那樣的遙遠和陌生。

俊明正在想「我和他不熟」這句話，上課鈴忽地打響，同學們像潮水般從課室門口湧進，分別撲向座位，耳邊頓時滿是雜亂的嬉笑和喧鬧。

「星期六下午，不要忘記了！」傑提高聲音說。

「當然不會。」俊明回答。

⚡ 數不完的擔憂

　　Band 房裡強大聲浪震撼著每一寸空間，珍妮雖然嘗試了許多方法，棉花團、耳塞、工業用的護耳罩等等，但好像都無法保護她的耳朵。她要求把音量調低，但傑和彼得不同意。

　　傑說這首是 Deep Purple 的 *Smoke on the Water*，一本正經的重金屬，不是溫柔的東西。

　　「樂與怒音樂不是小貓叫，聲音不能這麼低啊！」傑發出抗議。

　　「聲浪太大會摧毀我的聽覺，還未做老太婆我就失聰了！」珍妮掩著耳叫道。

　　彼得搖搖頭，指指自己耳朵，搖手表示聽不見她的話，又指指在支架上的話筒。

　　「我聽不見我自己電子琴在玩什麼！」珍妮沒有用話筒，只是盡力在喊叫。

　　她用力按鍵盤，但相比俊明和彼得已用上擴音喇叭的電結他、低音結他，還有傑的鼓，琴音微細得像蚊子飛過。

　　「這是二十世紀現代電子樂器，有很多方法調校，你想聲音多大、怎樣變都成。」彼得在話筒前鬼聲鬼氣地說。

　　他走到珍妮身後，把接上她電子琴的擴音機音量調高，琴聲立刻清晰有力，不讓其他樂器蓋過，而且還可調校音色，加添回音或震音等效果。

　　「聲音這麼大，些小錯誤就全世界都聽得一清二楚了。」珍

妮把嘴湊到面前的話筒說。擴音機把她的聲音放大許多倍，她的話現在誰都聽見。

「老是怕出錯不如不玩算了，」彼得說：「話時話，你的聲音入咪挺好聽呢。」

珍妮鼓著腮叉腰站著。

「不要說太多了，我們來一段 *Reflections of My Life* 的開頭一段吧，這首溫柔些。Jenny你電子琴的部分調大聲點，好嗎？」傑說。

這是蘇格蘭樂隊 Marmalade 一首比較「斯文」的歌曲，許多Band 仔都有玩。

經過幾次調整音量和節奏，大家的樂器似乎協調了些，珍妮的電子琴開始找到了它的位置。她的音樂造詣很高，遇到有不合拍地方，她很快便知道問題在哪裡，不用夾幾次便順利完成了，曲子聽起來更有韻味，彼得豎起拇指讚好。

「現在聽來更像一首歌了。」傑說：「有了鍵琴零舍不同！」

俊明一邊唱一邊彈奏手上的低音結他，雖然忙不過來，但也感到樂曲整體開始有點樣子。

有了珍妮的鍵琴，他們終於可以嘗試想玩了許久的 *Oye Cuomo Va*。歌詞不是英文，大家都不知道意思，便跟其他樂隊把這首歌叫做「肥佬發咗達」，因為 Santana 的整首歌以樂器演奏為主，特別是彼得的主音電結他和電子琴的部分。重複的歌詞只有三幾句，其中一句聽來便像是廣東話「肥佬發咗達」。

租房的一小時很快過去，貝麗站在房門口，嘴裡像在說什麼。手上一大串鎖匙搖得叮噹響。

人人繼續玩奏，好像都聽不見。特別在 *Oye Cuomo Va*，彼得的主音、結他和珍妮的電子琴佔主導，兩個人都很投入。

「夠鐘啦！你們聽到了嗎？多謝合作。」貝麗不知什麼時候進來，嘴巴湊近門邊一支沒人用的話筒說。

貝麗把房門打開，站在旁邊冷冷看著他們收拾樂器，眼睛不時瞟過來停留在珍妮身上。

下到大廈門口，彼得隨口問珍妮要不要參加他們的下午茶，意外地她爽快答應了。

「這是我第一次來這種……」珍妮有點不太好意思說。看她點叫餐時怕生的樣子，又像很受鄰桌人客抽煙和大聲談話干擾，這點不難猜到。

「第一次來這樣『地痞』的地方，有點怕，是嗎？」彼得笑著說。

「這裡……其實也沒有什麼不妥。」她勉強擠出笑容：「我只是不習慣太多陌生人眼望望，我會很緊張。」

剛才他們進來的時候，珍妮招來一些緊纏著她身上不放的目光。每次有年輕標致的女孩走進來，在坐的顧客多少都會投予同樣的禮遇。

珍妮定一定神吸口氣，一雙大眼睛圍繞著餐桌看了他們一轉，鄭重地說：「告訴你們一個重要消息。」

俊明幾個人停止了呼吸在等待。

「以後我可以用這時間和你們一起練，即是夾 Band。」珍妮說。

「那太好了！」

「正！」

他們如釋重負活像合唱。

「不能改時間，因為我星期六很忙，早上要去團契、教琴、補習，這些事情都動不了，只能在下午抽空來。」

「不要緊，這時間很合適！」他們說：「沒有問題！」

「能夠有方法直接找你嗎？如果有改變可以通知你，不用麻煩宏基轉口訊。」俊明說。

「你是說打電話到我家？」珍妮臉上突然充滿恐懼，像看見兇猛的野獸迎面衝過來似的。

「千萬不可以，我家裡不知道我來這裡，說夾 Band 更加不成，絕對不能讓他們知道！」她語氣堅定地說。

「為什麼？夾 Band 又不是放火、打劫，為什麼不能講？」彼得問。

「你們很難會明白。」她說：「我不可以做這些事情，爹哋媽咪知道會家變的！」

珍妮一臉緊張，俊明三個人愕然互望，一時講不出話。

「OK，沒關係。」傑的語氣堅定：「我們明白。你來就得了。」

「OK！」「絕對明白！」俊明和彼得緊接和應。

其實俊明並不太明白，但只要珍妮繼續來，明白與否也無所謂。

「想我可以繼續來夾 Band，你們要答應幫我守秘密，成嗎？」她指著他們，像要求許下毒誓。

「當然！」傑幾個人又在大合唱：「一定！」

「你們要守諾言啊！」

幾個人拍胸口，又舉起右手像要發誓，弄得珍妮笑得合不攏嘴。

她冷靜下來，說：「你們的譜呢？儘管記得很熟不用看，練習時也應該帶著。」

「什麼譜？」傑說：「我不懂看樂譜。」

「我懂看些少，但那些歌原裝譜香港很難買到，就算有也太貴了。」彼得佻皮地笑著搖頭，手指自己耳朵、腦子說：「大家玩 Band 主要是靠這裡。」

「不是告訴過你，我們靠聽來練，練熟了便記住了。」俊明說。

「怎麼可能光靠這樣呢？」她掩著口，吃驚地說。

「我們就是這樣。」他們三個一起點頭。

「算了，你們習慣怎樣就怎樣吧。」珍妮沒好氣地說。

「你玩古典音樂絕對沒有問題，其實也可以玩搖滾樂、流行曲，為什麼像水火不能相容呢？」彼得問。

「總之不可以，爹哋媽咪他們沒有商量的餘地，」珍妮說：「他們給我的目標是要十全十美，全世界都拍掌讚好才算 OK，所以要百份百專心，沒有其他。」

「他們希望你做音樂家，將來投身音樂藝術嗎？」俊明問。

珍妮遲疑了一會，搖頭說：「他們從來沒有這樣講過。」

「那這樣到底是為了什麼呢？」傑問道。

傑他們看著珍妮在等待答案，但她卻低下頭，啜飲面前玻璃杯裡的熱檸水，沒有回答。

⚡ Uncle Benny 和他的樂室

　　每逢星期六下午，俊明一隊人都在旺角的樂室租房練習，然後在樓下的茶餐廳聊一會，談誰今天玩得好或不好，哪一首可以選來夾歌等等，但往往很快珍妮便要離座告別，一派來去匆匆。

　　過了兩個多月，他們比開始的時候合拍許多，大家準時出現，認真落力玩奏，效果明顯地有進步。如果不是技巧要求很高的段落，他們夾幾次便可大致完成一首歌。這是每個成員都很努力練習的結果，不過器材的限制令練習增加困難。

　　彼得掌握新歌的能力很強，歌曲的節奏模式或是一些巧妙的變化，不用兩三下子便捉到，而且可以簡單明瞭的方式跟和傑及俊明溝通，是推動大家前進的靈魂。他極為熱衷電結他的技巧，練習再練習是他的不二法門，長長的大堆四連音固然難不倒他，指法純熟的程度已超乎了像他們一般 Band 仔的水平。

　　自從跟他們一起合作之後，他用盡私人儲蓄買了一支二手 Fender 電結他，算是他的寶貝，練習時也會帶來。當時有私伙電結他的人極少，常引來不少羨慕目光。他也買幾件小小的附加器材，像叫做「Wah - Wah」的小型腳踏板（Pedal），將電結他音色變化潤飾，又製造特別的聲響效果。有時隔壁的兩間 Band 房也在玩相同的歌，互相比試的味道便會出現，有時他們停下了一會，在聽人家怎樣玩，同時隔鄰房間的人也會突然靜下來，好像也在聽別人怎麼玩，特別是某些技巧性比較強，不大容易應付的部分。

「這還不算是撼 Band，」彼得說：「如果同場演出的話，誰玩得好優劣立見，那時才算撼贏了。」

彼得和珍妮家裡都有樂器，而俊明和傑都只能用不算正宗的方法練習。俊明沒有低音電結他，只有用木結他的四條低音弦練習，缺乏樂譜，用耳朵完再聽，半猜半摸索地試出那些音節。在有唱歌的部分要同時口對著話筒唱，眼睛不能盯著左手按弦的指位，有些關口弄得非常吃力。

傑作為鼓手是整隊節奏的基石，和俊明的低音結他組成緊扣的節奏部分。珍妮送了一個舊的節拍器給傑，他也藉此更準確地掌握樂曲的節拍，但這是他家裡唯一算是專業的音樂器材——如果不把他的兩根鼓棍也計算在內的話。他說家裡沒有爵士套鼓，找些舊電話簿在小桌疊成幾堆，當作是 Snare、Tom-tom、Side drum 等，口中念著拍子，雙手拿鼓棍努力地敲打電話簿，右腳在地面密密上下踐踏，當作打響無形的低音大鼓。

俊明終於明白在課室的時候，傑其實沒有離開過他心裡的套鼓。

這個週末，他們上尖沙咀一家城中算很專業的樂室練習，大家只訂了最小的 Band 房，但租錢已是他們旺角常去那家的幾倍。傑說這裡的東西較新，型號也高級些，有些專業的樂隊也會來，最頂級的貴賓房間有一流的樂器和隔音，還有多聲道的錄音設備，值得他們來開開眼界。

「嘩！這裡有很好的電子琴，還有幾層高，怎樣才會全都用上呢？」珍妮發出了驚嘆，這是第一次看見她興奮的一面。

「你是鍵琴高手，難不倒你吧？」彼得說。

「我家裡不許有電子琴，這裡好幾款，有大有小，不知道怎麼調校音色呢？」她自言自語像在埋怨。

傑在層層疊疊的鍵盤隨手按了兩下，說：「我不懂這些，全靠你了。」

他跟著跳上在小舞台上的鼓套，立即呼呼嘭嘭地擂打個不停。這套鼓比他平時租用那套好像大了一號，面前配上好多個大大小小的 Tom-tom，Side drum 也多了一個，他打下去要加多兩分力度，不一會前額已滲滿汗珠。

彼得拿在手中的不是他自己的「私伙」Fender，而是這裡連房租出的一支 Gibson 電結他，在聚光燈下閃閃生光，氣勢很不平凡的樣子。

「這支 Gibson Les Paul 用來玩 Jazz 會更合適。」房間走進來一個膚色黑黑滿腮鬍子的男人，帶些微外地的口音，他指著彼得身旁的 Stratocaster 說：「這支是你帶來的吧，挺不錯的呢。」

「這是 Uncle Benny。」傑跳下鼓台為他們介紹。

Benny 是琴室的老闆，他給了他們一個很好的折扣，傑說很多謝他。

「歡迎！」他跟他們熱情握手，笑著說：「見到年輕人像你們這樣喜歡音樂，我就很開心！」

突然有人在房門口叫 Benny，走在跟他耳語了幾句。

「我有 Guest 來到，要失陪了。」他急步走了出去。

傑說 Benny 叔叔來自菲律賓，在香港玩音樂當職業，多數在大酒店、西餐廳以及夜總會演出，做樂隊領班時很有名，退休後開了這樂室。

他們關起房門練了幾首歌，逐漸熟習這些很像樣的樂器。珍妮細心地試著她面前一大堆不同的鍵盤，找出想要的音色。很快她便在不同的鍵盤上調校出電子琴、鋼琴的聲音，以及扭動一些開關便能模仿其他樂器，或是一些很電子化的音調。

這次他們開始試練些新曲，首先是很多 Band 有玩的 The Hollies 流行曲 *He Ain't Heavy, He's My Brother*。有了珍妮的鍵盤，整體的音色豐富了，她放進了兩段鋼琴和電子琴，配合彼得的結他和弦，歌曲聽來柔情許多。

這首曲不容易唱得好聽，要很有些感情才行，而且一邊彈低音結他一邊唱，對俊明仍是挺吃力的事情。這兩難兼顧的情況恐怕沒有辦法解決的了，俊明對自己說。不過話說回來，如果比較順利完成的話，俊明會感到有說不出的滿足。

其他的問題不是沒有：這首曲開頭和中間原本應加插一段口琴獨奏，現在用彼得的電結他代替，好像味道不一樣。試過讓珍妮的電子琴奏這兩段，效果也可以，歌曲一口氣完成，大家互相眼望望好一會。

「挺不錯吧，」傑說：「不過沒有口琴總像欠了些什麼。」

彼得點點頭。

傑像想到了什麼，說：「讓我想想辦法吧。」

在這靜下來的一刻，房外隱約傳來一陣像是夾雜尖叫和喧鬧的聲音。他們知道這房間有個大玻璃窗的木間，用的很好的隔音材料，一關上房門，裡面寧靜得一張紙掉在地上也清楚聽見，能夠傳進來的聲音肯定不比尋常。

彼得從門上的玻璃窗看出去，但看得不清楚，他把門打開，一陣巨大的聲浪立即湧進來，像有許多人在尖叫和呼喊，其中女孩子的叫聲特別明顯。

他們走到門口，看到外面一大群人圍堵在房間對面的大 Band 房——彼得稱之為 VIP 貴賓房——外面至少有幾十人，都是十至二十多歲的年輕人，不少人手拿大扎色彩燦爛的鮮花，幾張高舉的紙製橫額，大大手寫的彩色字：「全力支持明高樂隊」、「LOVE Jo Jo & Robert」。

「原來是他們，難怪有這麼多擁躉。」彼得說。

這批人給貴賓房門口幾個穿黑色 T 恤的大漢伸開雙手攔住，他們身後兩個俊朗的年輕男子身上掛著結他，為數不清伸進來手上的小紙簿和唱片笑嬉嬉地簽名，又耐心地逐一跟面前的擁躉握手。

「好啦！夠了！快點關門！」Benny 叔叔擠進門口人堆對大漢說，但明顯沒有辦法把人潮推後讓房門關上。

Benny 叔叔耐著性子嘗試拉開人潮前面的幾個，嘴裡不斷說：「明高樂隊多謝大家支持，他們今天要趕時間，請你們回家，不要打擾練習。」

但擠在門邊的幾個女孩沒有退後，緊拉著偶像的手不放。

「哎喲，這是 Robert 啊！」他們身後的珍妮叫了一句，好像著了魔轉身從掛袋裡搜出一張唱片，衝過對面房門外的人堆中。

「Robert！Robert！」珍妮一邊叫喊，一邊好不容易從人堆中擠進前面，最後給一個比她高近一個頭的長髮女孩擋著。她輕

拍長髮女孩的肩膀，但沒有理會，珍妮用了點力度想把身子擠進前面，終於長髮女孩側過身子叉著腰，一臉很不高興地瞪著珍妮。

「這不是貝麗嗎？」傑說，但彼得和俊明好像聽不見，他們看見珍妮一反常態的情景登時呆著了。

貝麗對珍妮說了兩句，但聽不見說些什麼，只見珍妮兩手合十懇求的樣子。這招似乎奏效，貝麗頂著另一邊的人堆站開半步，空出些少位置讓珍妮把手上的唱片遞出去讓 Robert 簽名。有兩個在尖叫的女孩想緊跟珍妮背後衝上去，但貝麗立即橫伸馬步，連隨把珍妮身後那半點空間堵住了。

Benny 叔叔帶領他的幾個大漢助理關上了貴賓 Band 房的門，好不容易把大堆擁躉逐步送出大門外。貝麗不想出去，一個閃身擠進了他們的 Band 房，手上還拿著一張寫著「我愛明高！」的心形紙牌。

「你們認識她嗎？」一個身材健碩的助理問道。

「認識，」珍妮爽快地回答：「當然認識啦！」

助理轉身回去把還賴著不肯走的歌迷送出大門。

「這是我的戰利品！」珍妮得就舉起明高樂隊最新的唱片，上面有個大大的龍飛鳳舞彩色水筆筆跡：「Robert 的親筆簽名，很難找得到的呢！」

「沒想到你們是明高的擁躉，」傑說。

珍妮伸了伸舌頭，臉上是滿足的笑容。

「當然，難道會是你的擁躉嗎？」貝麗不客氣回了句，像是對傑又似是向彼得說。

「各位隊友不好意思，」珍妮把唱片塞回肩掛袋，欠身說：
「我可以練習了。」

　　他們利用剩下的不到半小時繼續夾，貝麗坐在地台旁邊，兩
手托腮在聆聽，但不時走去房門透過玻璃窗看外面。他們練了兩
首曲停下來的時候，發覺貝麗已不見影蹤，她那張心形紙牌已摺
成一堆給塞進廢物箱，還剩下半邊露在外面。

♪ 夏夜船河

　　西斜的日影照著港島中環的港外線碼頭，船身淨白的渡海小輪煙囪噴著黑煙，一艘接一艘魚貫泊岸又開行。俊明和傑一早到達碼頭，彼得也很快帶著他的私伙結他出現，但仍然沒有珍妮的蹤影。

　　初冬的太陽早下山，晚風寒意滲入衣衫。

　　「快開船了，她會不會撇下我們？」彼得再一次看手錶。

　　「很難說，她不是說怕出場會被人認出，告訴她父母嗎？」傑問。

　　「今晚的船河派對是公開賣票的，來玩的都是年輕人，有人會認識她並不出奇。」彼得一派擔心。

　　「珍妮不來又怎樣呢？我們一定要出場嗎？」雖然俊明並不真的這樣悲觀，但他忍不住要問。

　　「今晚出場的樂隊是 Benny 叔叔安排，他特別給我們這次機會，我們千萬不可以失信，」傑說：「三隊之中我們算是最新、經驗最淺的一隊，照例要打頭陣。」

　　「珍妮不來怎辦？」彼得眉頭緊皺：「臨時缺少了鍵琴，像四方桌少了一隻腳，我們的演出很容易炒粉，對不？」

　　「現在講這些沒用，最初我們也不是才有三個人嗎？」傑說：「總會有辦法應付，到時看情況怎樣再『執生』吧。」

　　「珍妮知道要上船河演出，她答應了會來嗎？」彼得問俊明。

　　「她的確是答應了，我相信她會守信。」俊明說。

　　「她是怎樣回答你呢？」傑問。

「她本來透過宏基傳話說要考慮，昨晚她打電話給我說：『好啊，我會來。』」

「她這樣說，你就當真嗎？」彼得更擔心了。

俊明點頭。

彼得把私伙結他緊抱入懷，轉身向著海港，不停唉聲嘆氣。

「就是這艘渡輪，他們租了今晚船河用。」傑看看腕錶，聳聳肩，一臉無奈說。

一艘三層的簇新渡輪正在泊岸，頭尾高聳的桅杆拉起了幾串綵燈圍繞船身，一派節日的樣子。穿藍色制服的水手放下跳板，一批批時髦打扮的年輕男女開始從閘口登船。

有人輕拍俊明的肩膀，他轉頭看見身後站了個一頭長長蓬鬆卷髮的女孩，衣飾鮮艷，大大的金框太陽眼鏡遮蓋了半張臉，只露出抹了深紅的兩唇和厚厚的濃妝粉底，兩耳扣上不住搖晃的銀圈耳環。

這是誰啊，她像是去參加船河派對，但卻認錯人了，不過她肩上的大掛袋俊明看來有點眼熟。

彼得帶著狐疑神色看俊明，像在說「你認識她嗎？」。

「珍妮！」傑突然像猜中了元宵節的燈謎答案般興奮。

「是你啊？」俊明完全沒想到眼前是她。

「不好意思要你們久等了。」珍妮除下臉上那副大得誇張的太陽眼鏡。

「原來是你！」彼得如釋重負：「你來了就好，其他一律無所謂。」

「你們認不出我嗎？那太好了！」她有點洋洋得意。

「你整個人不同了，人也高了半個頭，現在才敢相信是你。」彼得長長抒了一口氣。

「剛才真是認不出來。」俊明留意到她穿了一對高跟的白色皮長靴，配上短裙子，很時髦的款式。

「你這打扮時髦又漂亮，跟平日的土樣子相差太遠了。」他說。

珍妮白了俊明一眼，笑容霍然消失。

「女孩子總是貪靚，沒有例外。」彼得說。

「太冤枉了，我今天不是刻意扮靚，只希望不容易讓別人認出我是誰。」珍妮在申辯。

「你什麼樣子也沒關係，我們快上船吧！」傑說。

他們踏上渡輪不一會，水手便拉起了跳板，吹響哨子示意開船。

斜陽降到貼近海平面，為翻滾的波浪染上一抹金黃色，渡輪很快駛出兩岸樓房林立的維多利亞港。Benny 叔叔帶領一批體型健碩，身穿黑色 T 恤的年輕助理，在最上一層船艙前端架設大箱小箱的音響器材，粗細顏色不同的電線舖滿一地。幾個幫手的女孩在天花和窗緣貼上聖誕裝飾和閃閃串燈，手掌大的天使和馴鹿很快圍繞著船艙邊擺動。

Benny 拉著傑走到船的一個角落談話，彼得忙著連接上他的「私伙」電結他和音色踏板。俊明趁這空檔跑去這層船艙尾端的露天甲板，讓海風吹拂全身，紓緩有點繃緊的心情。這算是他們第一次公開演出，俊明自從昨晚開始，一想到站在這許多陌生人面前又彈又唱，頸背立即陣陣冷凍發毛，手心冒汗。

「你緊張嗎?」珍妮走了過來,迎著風深深吸口氣。

「有一點吧。」

「只有『一點』嗎?」

「其實不只『一點』,是極度緊張。」俊明回答。

「我也很害怕,心老是跳得很快,」她兩手掩著胸前說:「我一想起要走到台上,兩手便發抖呢!」

「你不是在校際音樂節拿過不少獎嗎?上台經驗這麼多了,還怕什麼?」

「在音樂節完全不一樣。首先是在大會堂舉行,來看的多數是老師或學生,還有就是家長,都不會太陌生,都很斯文;第二,就是演奏不好也都挺客氣,不會……」她伸出手指數著說:「但這次害怕的事情太多了。」

「今天的觀眾不是音樂節那些,」俊明說:「你怕他們會喝倒彩,『開汽水』噓聲滿場,是嗎?」

當然少不了的會是連串不文的字句,不過他沒有說下去。

她沒有回答,伸了伸舌頭,擠出一個苦笑。

「還有其他可怕的事情嗎?」他問。

「有啊!除了怕出錯『炒粉』,我更怕一旦被人認出,讓學校的 Sister 和主任知道,走去告訴我爹哋媽咪,那我便死無葬身之地了。」

「你這一身打扮,不會有人認得你,放心吧。」

「真的嗎?你敢保證?」

「對不起,我保證不了,」俊明說:「世事太難料了。」

「那還是危機重重啊,太可怕了。」她一臉無奈。

「怕不怕也沒關係，我們一起上台演出，為你壯膽！」他拍拍胸脯。

「有你們在一起，我可以躲在後面。」

「傑說過『開汽水』最多面懵一會，死不了人。」俊明說：「我是主音 Vocal，喝倒彩就算是我承受好了。」

「我爹哋說做事一定要成功，不可以『撞板』……」

「世事總會那麼完美嗎？」俊明問。

珍妮沒有回答。

「現在想告訴人家你要退縮嗎？」

「想退出也太遲了，」她嘆了口氣，指指裡面在忙碌佈置的黑衫大漢：「如果我現在才說不玩了，他們會不會把我拋進海裡餵鯊魚？」

「不會。第一，他們是 Benny 叔叔指揮的工作人員，不是電影裡的殺手；第二，現在天冷了，香港海面很少有鯊魚；第三，你不玩的話，他們不會把你拋到海裡。」俊明說，隨手指向渡輪剛駛過的一個小荒島，面積只像一艘大貨船：「頂多將你丟在這島上，讓你自己游泳回家。」

「他們會不會也把你丟在這荒島上，讓你游回去中環碼頭呢？」

「不會。」俊明伸出手指數著說：「第一，沒有了你，他們更加需要我演出，不會把我丟在這島上；第二，怕不怕也好，凡是答應了的事情我不會放下不做；第三，我不會游泳，萬一被丟在這荒島，也只能老死在上面，游不到哪兒去。」

珍妮笑了笑，低頭看著船尾散開消逝的浪花。

船艙門打開，傳來裡面樂器試音的聲浪，遠看傑已坐在台中央架起的套鼓，兩手左右開弓地擂打。彼得調校掛在身上電結他的音量，腳前幾個小踏板排成一行，他兩手一邊彈腳尖一邊忙著跳上跳下，結他音色高低變化不停。Benny 叔叔的工作人員把分隔船前端拉開的繩子收起，準備讓聚集在船艙中段享用自助餐的近百個人客走近，讓他們佔據前面舞池周邊的座位。

「我們應該去準備了。」俊明問：「你想吃點東西嗎？」

「別開玩笑了，我現在怎麼吃得下？」

「你還害怕嗎？」

她點點頭，深深吸了一口氣，說：「管不了那麼多了，來吧！」

Benny 叔叔走上台手持麥克風介紹今晚的節目，當提到最後出場的壓軸嘉賓是明高樂隊時，台下震耳欲聾的歡呼聲如海浪湧至。他跟著介紹打頭陣的樂隊是第一次演出，氣氛立即平靜下來，轉換為帶些半信半疑的冷淡，不過也聽到疏落的掌聲。俊明們是無人認識的一群，逃避不了陌生的眼神。反正已來到台邊，他們也沒有什麼再好擔心的了，各人隨即三步兩跳地跳上台，拿起自己的樂器並就位，只等傑用鼓棍敲出「One、Two、Three、Four」的拍子，開始他們首次演出。

按照大家商定的次序，他們一首接一首地使勁演出，平時的多次練習似乎很有效，儘管偶爾有些不合拍的結節，也很快地回復暢順，至少不會停頓下來。

「千萬記住：無論出怎樣差錯，一邊玩一邊想辦法糾正，絕對不可以在歌曲中途停下來！」傑在樂隊開始合作時，已經對大家千叮萬囑：「正如 Benny 叔叔所講：The show must go on ！」

開頭是連續幾首快歌，第一首 Doobie Brothers 的 *China Grove* 比較熱鬧，很快舞池已擠滿一對對搖擺熱舞的青年男女，旁邊站著的人群身子也隨著節拍擺動，投入這場熾熱的海上派對。

他們接著玩 Peter Frampton 的 *Show Me The Way*，還有是 Grand Funk 比較吵鬧強勁的 *We're American Band*，擠進舞池的人更多了。俊明又彈又唱渾身是汗，說是手忙腳亂也不為過，不過看身邊傑、彼得和珍妮都有板有眼地努力，大家還有暇偷空交換互相鼓勵的眼神，人也逐漸定下神來，他腦子的空白慢慢平復。

珍妮閃亮的特大太陽眼鏡遮蓋了她的目光，但見她雙手在好幾層鍵琴上下飛舞，身子隨著節奏搖擺，看來不需要再為她擔心了。

舞台頭頂和面前好幾堆的聚光燈很刺目，有點讓人打不開眼睛，不過好處是強光令人看不清台下觀眾，讓人集中精神演出。俊明大概知道有許多緊靠一起的陌生面孔圍繞著身邊，大都是和他們相若的年輕人，目光投射在台上他們四個人身上。

俊明掃視台側看到 Benny 叔叔手拿酒杯站在音響控制台旁，頭戴著耳機，微笑注視他們演出。

一輪快歌之後他們來兩首節奏比較柔和的曲子，這是傑的構想，他認為船河像一場大派對，大伙兒都熱衷跳舞，安排間中有慢歌可以讓人喘氣，也增加些浪漫氣氛。首先是 Hollies 的 *He Ain't Heavy, He's My Brother*，開頭一段幽怨的口琴，Benny 叔叔放下酒杯走上台客串演奏，這是他不久之前向傑建議，他們可以試玩的一首。

「我承認這有點自私。」Benny 在練習時眨眨眼笑著說:「這樣我可以借你們登台的時候自己也過過癮了!」

珍妮也很喜歡這曲子,說歌曲斯文些,旋律也好聽。在俊明而言,是首不容易唱的歌曲,感情很豐富的那種,只有盡力而為。

另一首是 Deep Purple 少有的慢歌 *Soldier of Fortune*,有搖滾樂的硬朗和感性的幽鬱,並不很難夾。加上珍妮的鍵琴之後,整首歌音色豐滿許多。

鬆一鬆之後,再來點輕快的東西,包括 Doobie Brothers 的 *Listen to the Music*,Albert Hammond 的 *It Never Rains in Southern California*,再是回到重搖滾 Deep Purple 的 *The Gypsy*,以及 *Smoke on the Water*。舞池現在已經擠滿了人,身子都隨著節拍擺動,沉醉在滿船的音樂之中。

最後的收尾和弦和謝幕之後,他們在台下一陣頗熱烈的掌聲中退場。大家交換了喜悅的眼神,跨過了這一幕台上的挑戰,心中有說不出的興奮。

看看 Benny 叔叔一臉滿足的笑容,俊明想今晚他們完成了作為頭陣樂隊的任務,沒有令他失望。

接著上場是一隊比較老練的樂隊,Benny 叔叔介紹他們是 Micheal and The Bulls,引來一陣歡呼,似乎今天的捧場客對他們並不陌生。這隊人演出的六個成員清一色男班,包括見過的大威,他身穿黑色 T 恤和有些破爛的牛仔褲,散發隨意和粗獷的氣息,和同樣身高的主音歌手 Mike 並排站在一起,顯得 Mike 的表演衣飾分外亮艷。

台邊有十多人的年輕男女擁蠆堆在一起，賣力地拍掌和舞動。開場之前俊明和珍妮在船尾露天甲板談話的時候，他們就圍在另一邊抽煙談笑，頗為顯眼地圍著 Mike 跟出跟進。

俊明發現這群人之中有一張他認識的面孔。

「這不是貝麗嗎？」他問傑。

「對，我很早看見她了。」傑說。

珍妮比了比身上的新潮衣飾，說：「這身打扮就是貝麗替我弄來的。沒有她幫忙，我不知道今晚來不來得了。」

貝麗剛好視線掃過俊明這邊，珍妮趁機作了手勢給她打個招呼，貝麗立即連跑帶跳衝了過來，和珍妮兩個人擁作一團，好像多年不見的老友般。

台上 Mike 向貝麗揮手，樣子很焦急，貝麗一陣風般回到她那群人身邊。

「我不知道她會願意幫人家什麼忙。」彼得說：「她的作風似乎老是跟別人計較呢！」

「她其實不像外表那樣難相處。」珍妮說：「我問她哪裡買她平日穿戴的時髦衣物，裝扮一下好讓人認不出來，不然就來不了。儘管我和她並不相熟，但當她知道我有苦衷，二話不說便說可以幫忙。」

「來！慶祝你們演出成功！」Benny 叔叔拿了瓶香檳酒和一疊紙杯過來，一一為俊明他們每人斟酒。

「你們年紀有十八歲吧？」他滿臉笑容說：「都是成年的大人，可以喝了！」

俊明遲疑了一陣，和傑及彼得一口乾了手上的杯子。珍妮尷尬地兩手捧著杯，兩眼轉過來看著他們像在尋找救援。

　　「我不能喝酒，不好意思。」珍妮說。

　　「不用怕，你可以喝。」傑說。

　　「不成，喝了酒會有味道，回到家仍會聞得到，會家變的！」她像在求情。

　　「不用怕，喝了也保證沒有人聞到酒味。」彼得加上一句。

　　珍妮仍然捧著紙杯，僵直站著。

　　「她不能喝酒，我代她喝！」貝麗不知從那裡跑出來，搶過珍妮手上的杯子，連隨一口氣把酒送進口裡。

　　「甜的？什麼東西？」貝麗擦去唇邊的「酒液」，說：「這那裡是酒？」

　　「這是加了汽的葡萄汁，不是香檳酒，」Benny 叔叔舉起「酒瓶」笑著說：「不過還是法國牌子，樣子很像香檳吧？」

　　「所以我們都說你不用怕，可以一起喝。」彼得和傑異口同聲說。

　　「你也知道不是酒，為什麼你剛才沒有出聲？」珍妮突然看著俊明，一臉委屈兼投訴。

　　「我……以為你會試喝一點，到時就會發現這不是酒……」俊明嘗試解釋。

　　「明明你也有份欺負人，還在狡辯！」貝麗說。

　　「開玩笑而已，不要介意，」Benny 叔叔為大家再斟「酒」，說：「我身子已經不復以前年輕的時候，戒酒之後只好用這些代替。」

傑向 Benny 叔叔介紹貝麗。

他遞了一杯給貝麗，說：「你夠朋友，也請你飲一杯。」

大家興高采烈為今晚乾杯。

「剛才我聽你唱和音聲線很好，可以試做歌手主唱啊！」Benny 叔叔對珍妮說。

「不成，做主唱我會出不了聲，勉強在背後和音就好了！」珍妮急忙搖手，說：「如果要試，我寧願嘗試作曲。」

「是嗎？」Benny 叔叔眼裡添了神采，說：「太好了，現在香港最需要多點原創的音樂，你會作什麼歌曲？」

「現在還未試過，不知道，」珍妮聳聳肩，說：「想什麼便寫什麼吧。英文、中文的歌曲都有可能。」

「好！值得鼓勵！你們知道每天夏季結束之前有個青年音樂節嗎？有自選歌曲和自創作品的組別，可以去參加呢！」Benny 叔叔說。

「我們剛開始，這樣的水平可以跟人家比拼嗎？」傑問。

「當然可以。」Benny 說：「不必論勝負，只要有心，功夫一定愈來愈好！對嗎？」

傑沒有答話，但他的眼睛在閃動。

Benny 叔叔舉杯說：「為你們年輕的一代！」

在台上的 Michael and the Bulls 玩了也有十隻歌曲，多數是容易上口的流行歌曲，像 *In the Midnight Hour*、*It's Nice to be with You*、Lobo 的 *How Can I Tell Her*，等等。他們也有些比較搖滾的 像 Bachman-Turner Overdrive 的 *You Ain't Seen Nothing Yet*，Rod Stewart 的 *Maggie May* 等。這隊人明顯比俊明他們熟練，主音歌

手 Mike 在台上一派駕輕就熟的樣子，有意顯示他狂野的風格，特別是主音結他或其他樂器 Solo 的時候，在台上搖搖擺擺走來走去，打開上衣的衫鈕露出胸膛時，奪去台下的注意力。

「這主音老在搶別人的鏡頭，太沒意思了。」彼得在俊明耳邊說。

俊明認出主音結他手是他碰過面的大威，他全神貫注彈奏的時候，Mike 老愛把身子擋住大威，搔首搖頭作狀又打招呼，不少女擁躉大呼小叫地起哄。大威抬起頭看著 Mike 的背後，一臉不忿的神色直到樂隊演出完畢。

在中場休息和進餐時間，貝麗帶了個長髮及肩的高大男子過來，說：「介紹你們認識 Mike，他是我們樂隊的靈魂兼主音！」

Mike 年紀廿歲出頭，比俊明他們大不了許多，但舉止看來很成熟，顴骨高聳的方臉抹上了些粉，聚光燈下兩頰顯得特別白淨。身上色彩鮮豔的襯衣汗濕了大片，粗潤的黑皮帶下是緊窄至膝蓋的白色濶腳喇叭褲，還有腳上一對閃亮的漆皮黑靴。

俊明他們跟他握手並自我介紹，Mike 輕盈地跟他們拉了一下手，說：「貝麗說你們是她樂室的常客，對嗎？」

「我們幾乎每週末都上去，好像未碰見過你們。」彼得說。

「那地方交通算方便，不過器材太 Cheap 了，玩的人也很業餘，我們多數去 Benny 叔叔那間。」Mike 說。

一時之間俊明幾個接不上話，貝麗說：「Mike 的樂隊很棒，平日要去酒店夜總會走場，忙得很呢！」

「這些不必提了，我們有時需要找些新出道的樂隊開場，或在我們太忙接不了的場頂替一下，你們有興趣嗎？」Mike 問。

「未試過，不知道可以怎樣做。」傑說。

「有錢賺，又多些登台經驗，你們可以試試看嘛。」貝麗拉著 Mike 的手，說：「有人正在找他出唱片，你們跟他走會有好處呢！」

「你的鍵琴功夫很好，好像正式學過，比我隊裡的人好多了，有興趣可以跟我們一起玩。」Mike 向珍妮說。

珍妮眼朝地上看著，沒有什麼表示。

這刻船頭方向一陣歡呼尖叫蓋過來，人群蜂湧推向台邊，圍著正跑上台的明高樂隊。Robert 和 JoJo 一邊忙著和看似無數的手互握，又替他們手上的唱片、紀念簿子簽名。

Robert 好不容易擠了上台，在麥克風前多謝歌迷支持，又宣佈下個月會推出兩首新歌，以細碟發行，今晚會演出其中一首，說完立即引來一陣如雷的掌聲和歡呼。

「你等著瞧，我很快會和明高樂隊那樣出唱片，而且更加出名。」Mike 手摟著貝麗的腰說。

「怎麼樣？有興趣和我們一起來嗎？」他問傑。

「我們自己先談一談，再說吧。」傑淡淡回應。

「別拖太久，我不會等的啊！你們問貝麗就可以找到我，再見。」Mike 揚揚手，拖著貝麗回去他的隊友那邊。

「你們怎麼說？」傑問。

「好大的口氣。」彼得噘著嘴。

「我再沒有別的時間了。」珍妮把太陽眼鏡摘下，露出化了濃妝的眼影和眼線，眨眨眼說。

「你呢？」傑問俊明。

「我週末有兼職，平日要上課呢。不知道什麼時候有空。」俊明說。

傑輕輕抒了一口氣。

忽然近船尾的人堆傳來激烈的爭吵聲音，看見貝麗擋在 Mike 和神情激動的大威中間，張開雙手嘴裡不斷說好說歹，嘗試把兩個身材都比她高大的漢子分隔開。

「大家冷靜點，不要弄成這樣。」Benny 叔叔走過來，一手按著 Mike 的肩把他推開，同時示意貝麗站過一邊。他話音甫落，怒容滿面的 Mike 和大威立即像冷了半截，身子站定沒有再互相推拉。

「年輕人，今晚給我老人家面子，你們有什麼事上了岸再慢慢談，好嗎？」以 Benny 叔叔的身分而言，這要求聽來更像是命令。

「你太目中無人了，我不會再忍下去。」大威強抑怒氣，咬牙說出這句話。

「以為是你的結他才有這麼多擁躉嗎？他們是來捧我場，這隊 Band 沒有你不會有問題，知道嗎？」Mike 像滿不在乎。

大威拿起自己的電結他轉身走出船尾的露天甲板，人堆中有兩三個跟著他後面。

珍妮拉著貝麗回到俊明他們身邊，形同把她解救出來。

「他們兩個遲早一拍兩散，我早已經料到。」貝麗自言自語，一邊不斷搖頭。

這艘船開始回航中環碼頭，樂隊表演的節目已告一段落。擺

放自助餐飲的長桌擠滿了賓客，似乎沒有誰在意剛才船尾發生的片刻緊張。俊明他們收拾樂器之際，有個身穿黑 T 恤的大男孩走過來。

「打擾你們不好意思。」這男孩戴個粗邊黑框近視眼鏡，身材略胖，大平頭陸軍裝短髮，圓圓的臉帶著笑，遞來夾著原子筆的拍紙簿。

「我們認識嗎？」傑問。

「不認識，但我在 Benny 叔叔的樂室見過你們，夾得好好聽，人又挺斯文，好想支持你們，讓我做你們的擁躉好嗎？」他一臉誠懇地說。

傑和隊友你看我、我看你，不知道怎麼回應。

「我是 Marshall，大家都叫我『目仔』，醒目的目，可以簽個名留念嗎？」他搓著手自我介紹，又對彼得說：「你的結他非常厲害，佩服！」

「別客氣了，你也有玩嗎？」彼得在簿子上簽了名。

「只懂一點和音結他，初哥而已。」目仔把簿子遞給俊明，說：「你唱得很有勁，夠搖滾。」

「過獎了，勉強湊數而已。」俊明隨手簽了名。

「你的鍵琴音樂和本人一樣美麗。」目仔對珍妮說。

珍妮笑了笑，接過簿子在上面很潦草地簽名，把太陽眼鏡戴回臉上。

「我很喜歡搖滾樂，夾 Band 還未夠資格，可不可以去看你們練習，偷一下師，有需要我樂意幫手執頭執尾。」目仔必恭必敬地把簽名簿遞給傑，但傑沒有立即接過。

「Benny 叔叔說你們人很好，玩音樂又認真，說我可以試試跟你們學點東西。」目仔說。

「你有上學嗎？還是全職幫 Benny 叔叔？」傑問。

目仔說他今年重讀中五，明年再考會考，來幫忙是義務性質，主要是喜歡聽歌玩音樂。

「為什麼叫你『目仔』而不是『醒目仔』呢？」珍妮笑問：「醒目仔不是完整一些嗎？」

目仔呆呆地笑，沒有回答。

「『醒目』缺了個『醒』字，就不是說『唔醒』嗎？」彼得說，惹得大家一陣笑聲。

傑在簿子上簽了名，看大家像沒有意見，叫目仔留下通訊電話日後聯絡他，目仔滿心歡喜道謝。這時在船頭的 Benny 叔叔向目仔招手，示意要他幫忙。

傑在目仔走開前，嚴肅地送了他一句：「留些時間溫習，別忘了要考會考，知道嗎？」

「知道、知道！」目仔說，急步跑向 Benny 叔叔。

彼得兩眼朝天做個鬼臉，對傑說：「你也會叫人溫習考試，太佩服啦！」

傑尷尬地笑笑。

明高樂隊開始演唱他們即將出碟的新歌，作為結束今晚船河派對的一曲，引起又一陣哄動。珍妮背起她的大布袋，架上大眼鏡滿臉興奮地跑向舞台旁的人堆，變身回復人群中一個小擁躉。熱烈的歡呼和掌聲混合強勁的音樂，注滿了維港夜色之下的整艘三層渡輪。

　　傑手腳並用密集播鼓，聲音如浪潮加上雷鳴，這一陣足足連續兩三分鐘，停下來的時候他已經氣喘不已，滿頭大汗。

　　「通常珍妮有事來不了，之前會叫個什麼『宏基』的人打電話給你說一聲，對嗎？」彼得在隨意撥動和弦，眼卻在看俊明和傑。傑從來都是不形於色，只有從他打拍子的力度和節奏猜到他的心情。

　　「昨晚沒有電話。」俊明回答。

　　已經過了十五分鐘，珍妮仍然未出現。

　　目仔坐在台邊，手總離不開旁邊一支放在架上的電結他，一邊看手上的腕錶。俊明隊裡沒有成員玩和音結他，樂室配有的這支陳舊的 Fender Telecaster，連擴音喇叭一直閒置無人理會，今天目仔卻像和多年不見的老朋友重逢。

　　房門霍地打開，抱著一大堆書簿本子的珍妮衝了進來。

　　「對不起，來遲了！」珍妮喘氣不已在道歉，衝上台邊的鍵琴，扭動上面的推桿和擴音器上的一堆音量和音色旋鈕，手指在鍵盤上飛舞忙著試音。

　　「很快……我很快可以開始！」她說。

　　「幸好你出現了，還怕你不來呢。」傑終於開口：「我們試試一兩隻新歌吧！」

　　大家一邊分段試 The Doobie Brothers 的 *Long Train Running*，反復好幾次，大家之前都有做準備，各自的部分都差不多，大致

上稍為粗疏地試完了整首歌，不過由於只有彼得一支主音結他，當去到歌曲原本的幾支主、和音結他合奏的段落，彼得明顯化解不開，總是這些關節炒粉。

大家都同意這部分差強人意，但又沒有什麼辦法。

「我只有一對手，沒辦法同一時間玩兩支結他啊！」彼得在抗議。

「讓我試試和音結他這部分，可以嗎？」一直靜靜坐在一旁的目仔舉手說。

「你懂這段嗎？」傑問。

「這支曲幾乎每隊 Band 仔都會夾，我聽過不少次，腦子裡快會背出來了！」目仔滿有信心地答，拿起架上的 Telecaster。

「結他是要彈出來，不是光在腦裡想便成，」彼得的口吻像質問：「那你彈過沒有？」

「一點點吧……」他有些遲疑。

「那有還是沒有？」傑問。

目仔呆住了，低下頭。

「你想不想試試？」俊明問。

目仔想了想，搖手說：「不試了……我不行，怕搞亂你們……」

「不行就別亂來……」彼得說。

「你們讓他試一下吧！」珍妮說。

「不試了，」目仔放下結他，站起來說：「對不起，我先走了！」

珍妮想把目仔叫住，但他一股腦兒衝了出去。

「這是練習而已,試一試又怎樣,我們自命大師了嗎?何必這樣對人家?」珍妮說。

Band 房裡此刻一片死寂。

「玩完了嗎?剛好夠鐘,下一隊來了。」貝麗推門進來。

大家收拾好東西正要出門,貝麗忽然拉住珍妮說:「今天太多謝你幫忙了,Mike 說非常感激,又想你快些轉隊過來,以後同你夾多些,一起出唱片……」

珍妮連忙手指放在唇上,示意不要說下去。

貝麗立即會意,出房之前低聲對珍妮說:「謝謝你,你真夠義氣。」

珍妮環顧四周,傑和彼得已出了房,但看見俊明在她身後,眼神充滿狐疑。

門口湧進一隊跟他們差不多的年輕 Band 仔,看著房門關上,珍妮在門外拉住俊明。

「你聽到貝麗說的話嗎?」

俊明點頭。

「你以為是怎回事呢?」她輕咬嘴唇。

「你今天遲大到,應該剛才是去 Mike 那邊夾 Band 了,是嗎?」

「還有呢?」

「你想過檔加入他的樂隊……」

「不是這樣啊!」珍妮猛搖頭擺手,像個蒙冤的人在申訴。

「剛才貝麗是這樣講……」俊明說。

「你聽我解釋,行嗎?」

俊明等她開口。

「貝麗上次船河花了許多氣力替我扮鬼扮馬，這次她找我幫她，事情是 Mike 早上約好唱片公司的人來看他們練習，但隊裡的鍵琴手臨時病倒了，Mike 叫她請求我什麼……江湖救急……」她焦急地說。

「所以早上你去了 Mike 那邊，是嗎？」

「我欠貝麗人情，不能不幫手。」珍妮說。

「為了報答她，所以你會轉隊加入 Mike 那邊，一起出唱片，對嗎？」俊明問。

「錯了，全錯了！」她氣急敗壞地搖頭擺手說：「Mike 是這麼提議，但我沒有答應。」

「真的嗎？你絕對有自由過檔，我不會阻止你這樣做。」俊明說著，但心裡明白這話完全言不由衷。

「沒有啊！我講過沒想過要轉隊，你怎麼這麼固執？還是你聽不懂我的話？」她瞪眼看著俊明，快要氣哭的樣子。

走廊外看見傑的臉，他說：「你們談什麼話要這麼久，一起去下面茶餐廳再談好嗎？彼得已下去了。」

珍妮把手上的簿子塞進大掛袋，說：「我有事，下次再聊吧！」

看珍妮急步衝了出去，傑一臉好奇。

在樓下的茶餐廳，枱面上照樣是他們一向喜愛的奶茶、鴛鴦、檸樂，配油占多士、蛋治、菠蘿飽，彼得又再評比其他的樂隊，愈講愈興奮，但俊明沒有心思仔細聽。

傑似乎有話想說，但欲言又止，靜靜抽他的香煙，邊聽彼得

高談闊論。俊明覺得面前的奶茶今天又濃又苦，剛才一匙接一匙加的白砂糖不知道去了那兒。珍妮離開樂隊過檔的可能性很令他心煩，但俊明決定不對其他隊員談，不想打亂他們的心情。他曾經以為目前的樂隊組合會維持下去，然而現實證明這份期望卻像泡沫那麼不堪一擊，一種從來沒有出現過的失望和怨憤壓在他心頭。

♪ 電話簿上的節奏

　　Benny 叔叔鼓勵他們參加明年夏天的全港青年音樂節比賽，帶起了在眾人面前得到掌聲和歡呼的憧憬。樂隊各人一邊忙自己上學和功課，同時加倍時間練習求取進步，為更好的演出而努力。雖然大家沒有認真討論會不會參加，但這件事已在他們心裡燃起了一苗火焰。

　　除週末以外，樂隊每星期還盡可能加一次練習。最匆忙的是珍妮，因為她平日上課、教琴已經耗用了不少的時間，來夾 Band 又要在晚飯前趕回家，其他時間都讓功課和溫習填滿了。來去匆匆之餘，俊明沒有再問她和 Mike 的事情，她也像當俊明是個透明的幽靈，眼神接近冰點以下。雖然她一起夾的時候精神振奮，但不時也露出倦容。有次彼得的一條結他弦斷了，大伙停下一會讓他換上新弦，想一起再來時，卻發覺珍妮靠在身旁的大型擴音箱睡著了。

　　彼得近乎瘋狂地練習不同的指法音色花款，又存起零用錢，出讓了他一直用的電結他，湊合買了一支全新的限量版本 Stratocaster。配合多幾款音效踏板，他努力尋找樂曲的不同地方，插入許多自己發揮的 Solo，多數是極快速緊密的連音技巧，務求一切做到最好。不過有時彼得的電結他部分似乎搶耳了些，原曲的本來味道反而受影響，為此與傑有好幾次意見相左，不過在珍妮和俊明說好說歹之下，才沒有把氣氛弄僵。

　　傑的鼓藝功夫明顯改進，他說一來練習多了，二來是 Benny 叔叔叫傑到他的樂室，用小房間內一套舊的爵士鼓練習。有職業

樂手上來租用 Band 房時，也叫他旁觀高手的技巧，並且給他提點。有正式套鼓可練和偷師的機會，傑除了技藝進步外，也掌握了些樂隊合作的竅門，當他們碰上歌曲某些難以處理的關節，他總可以來點有用的建議，愈來愈像大家的領班。

俊明一直為沒有自己的樂器而苦惱，傑有朋友以非常便宜的價錢出讓舊低音結他，叫俊明上他家去看要不要。

挺大的唐樓單位分隔了六到七個板間房出租，傑住的是排列最尾的一間。一條窄長的走廊通往大門和旁邊的廚房浴廁，地上鋪砌了老式的褐色地磚。緊閉著的房門掛上不同顏色花樣的布簾，有房間傳出收音機在播放電台的粵劇戲曲，是任劍輝和白雪仙的熟耳《香夭》曲目。

「這是比較舊款的型號，音色還不錯。」傑帶俊明進他的木板間隔小房間，從斑駁處處的黑色結他盒拿出一支 Rickenbacker 低音結他，掛上肩重甸甸的。混合黑白兩色像是六十年代流行的設計，有點古老的感覺，不過保養似乎還不錯，除了些少花痕外基本完好，外殼擦得亮亮，沒有常見的油跡或指印。

「物主買的時候是全新的，是他很多年的謀生工具，現在有錢換了支新 Bass。他說出讓的價錢沒有所謂，只希望新主人喜愛音樂，善用這支結他，看來注定是你的了。他人不太計較，說你身上有錢時再付也可以。」

他說的價錢低至幾乎難以置信，俊明去年開始在百貨公司當兼職售貨員，到現在存起的工錢或許不差大遠。

「你仍然在打那套『電話簿爵士鼓』嗎？」俊明問。

傑的房間很小，牆邊一張小飯桌上放了兩三堆疊起的厚厚電

話簿，按套鼓的位置放在座位的前方和左右兩旁。後面是一張兩層的鋼材碌架床，下層是被鋪枕頭，左邊散放滿了錄音帶和音樂雜誌，上層是一堆堆衣物，豎起並排安放的課本和書簿，擠滿幾層木架的許多黑膠唱片，另一邊是一套有兩個小喇叭的卡式錄音機，旁邊近窗的空位放了一個唱盤。他說過自念初中已一個人住這裡，母親經營的公寓就在樓下，但平日很少見面。他吃飯坐車上學都自己打點，不過週末母親總會找他一起去附近的酒樓喝茶。

「打慣了，也很方便，只是沒有銅鈸、Hi-hat，只能用口唸代替了。」他跳上鼓座，抽出兩枝鼓棍熟鍊地打著，口裡「嚓……嚓」地喊，模擬敲打銅鈸的聲音。

「音色打真鼓的時候便有了，這樣練也不礙事。只是沒有Bass drum，右腳踏得沒那麼好。」

「你最近經常上Benny叔叔的樂室練鼓嗎？」俊明問。

「是，很有幫助。」他邊打邊回答，說：「我坐著的鼓座是他送的，他說這麼破也不好租出去，送給我坐爛了也沒關係。」

「如果能夠家裡放一整套練習用就更好了，對嗎？」俊明說。

「其實打真鼓的話，隔壁好幾家的住客會反面。」傑指指板間房外：「世事很難有這麼理想，有得玩已經很不錯。」

俊明拿起低音結他放回盒裡，心裡有份說不出的興奮。雖然還需要配上一個擴音喇叭才成為一套，但至少他手指可以按著真正低音結他弦線練習，不必再用木結他的四根弦頂替。

「你出去的時候用點力關好大門，不送了。」傑繼續揮舞鼓棍敲打著：「你的數學功課今晚放我這裡，上課時還給你。」

「我明天會記得帶，放心吧！」他加上一句。

俊明推開旺角樂室的大門，櫃台後的貝麗給了他一個怪怪的眼神。

「你們樂隊今天好像勁了許多，聽見嗎？」她帶著神秘的微笑說。

俊明他們租用的小房間門沒有關緊，傳出很強節奏的一段樂器音浪。

這是那首 Highway Star 裡很長的電結他 Solo，是兩支主音合奏，尖銳的音符像穿雲裂石般散射而出，伴有像是傑的緊密鼓聲。

俊明相信自己沒有聽錯，應該是兩支主音結他既合拍又像互相角力的和奏。

「你順手把房門關緊吧，太吵耳了。」貝麗指指掛上銀圈大耳環的雙耳：「唔該。」

在傑佔據房中央小舞台的鼓座兩邊，各站了一個肩掛電結他，低頭全神貫注地彈奏的人，左邊是彼得，右邊是大威。目仔坐在矮矮的舞台邊緣，兩手捧腮看著。

「差不多人齊了。」傑看見俊明，停了敲擊放下鼓棍，音樂嘎然而止。

「我還以為是珍妮呢。」大威抬頭瞄了俊明一眼，一邊掃出連串響亮的和弦。

彼得不大在意地和俊明招呼，仍然低頭看著結他調音。

「怎回事？」俊明問目仔。

「不知道，我來的時候他們已在和大威 Jam 歌了。」目仔說。

「不好意思……」珍妮匆匆推門而入，不住喘氣。

「Hi，靚女琴手終於出現了。」大威說時一臉歡喜。

「大威？」珍妮問：「你怎麼會在這兒？」

大威怔怔看著珍妮，又看了看傑，一時答不上話。

傑走下鼓座，示意大家出去。

「你們是主家，留在房間裡談吧。」大威放下電結他，說：「我出去找貝麗，好久沒跟她聊了。」

傑剛關上房門，珍妮已等不及問：「傑，為什麼大威會在這裡？」

「我想大威加入樂隊，」傑說：「他功夫很好，有他一起我們會更勁。」

「我們不是有彼得做 Lead 結他嗎？」俊明問。

「有兩支結他會更好聽，而且彼得也說過他一支結他有時轉不過來，對嗎？」傑說時看著彼得，但他低下頭避開了傑的目光。

「你先和我們商量一下才叫他來，不是更好嗎？」珍妮有點猶豫，又像是抗議。

「我上次碰見大威時提到樂隊多支結他會更好，他一口便說想加入，我隨即和他談成了，後來才想到是否應該和你們先商量，但一言既出，駟馬難追。」傑說：「我其實也想為樂隊好。」

「你的想法呢？」珍妮問彼得。

「無所謂。」彼得像不怎在乎。

「你真的不介意嗎？」珍妮不想輕輕放過：「大威的結他很棒，撼贏不少人。」

俊明有點意外她會用『撼』這術語。

「怕什麼？我也不差吧！」彼得說：「我閉上眼也比他勁。」

「對！」傑肯定地說：「彼得勁道十足，不怕任何對手。」

「那還用說嗎？」彼得拍拍胸口說。

「雙劍合璧，天下無敵！」目仔插一句，和傑一起拍拍彼得肩膊，俊明也跟著做了。

大家像沉醉在興高采烈的氣氛中，只有珍妮仍然淡然一言不發。

*****

星期六下午樂隊近乎恆常的練習，本來開始有點兒像例行公事，但自從大威加入之後，一切都在改變，俊明覺得這個在旺角鬧市邊緣的小樂室，像一壺煲熟的開水不停地沸騰。

首先是大威本來在與 Mike 合作的時候已有好些 Band 友，隨著大威一起變成了樂隊練習時的常客，不請自來在樂室不停進出，隨意坐在地上或倚在牆邊，不時把小樂室都擠得滿滿。俊明認得其中兩三個不停讚嘆大威的、結他出神入化的染髮男孩，之前曾經擠在走廊外擋路，口沒遮攔批評他們「不夠班」、「水皮」。

有次這批大威捧場客不知誰在房內吸煙，煙霧瀰漫引得俊明嗆個不停，有時唱不下去，目仔和彼得看得出勉強強忍耐，珍妮則一臉厭惡。練完出了房間，傑不得不和大威交涉。

「他們習慣了這樣，很難改了，」大威一派無所謂的口吻說：「夾 Band 的地方都是這樣，大家輕鬆寫意不好嗎？我和你也抽煙，又怎樣叫他們不抽呢？」

「我從來不在練習時抽煙,」傑說:「其他隊友都不抽。」

「各人有各人不同的喜好嘛,」大威仍是笑嘻嘻回應,指著俊明幾個說:「他們慢慢便會習慣,不是什麼大事情吧?」

「這樣下去我透不過氣了,」珍妮突然插話說:「你們快點找個喜歡香煙味道的鍵琴手吧。」

俊明本來也想加入反對,但珍妮說了這句,大威和其他人都靜了下來沒有接腔。

不知怎的,跟著練習擠進房間內的人少了,進來的要吸煙也會被大威轟出去。

除了大威的捧場客外,房門外也常擠了些其他租樂室的樂隊人馬,好幾張臉緊貼在小玻璃窗前,特別是負責彈電結他的成員,專注看大威的手勢想偷師,但大威有時蓄意在彈奏高難度的音節時轉身背向房門,刻意讓他們看不清,臉上同時做個鬼臉,展露他一派惡作劇的笑容。

彼得一向彈奏主音結他,大威的出現為樂隊帶來改變。許多歌都由一個主音結他奏出旋律的重要部分,獨奏也是由他負責,另一支則玩和音,變成背景合奏的一員,現在怎樣分配誰玩主音或和音結他?

開始的時候傑提議彼得和大威輪流玩主音,另一個則玩和音,但很快便看出兩人都不想站在後面,變成愈來愈白熱化的競爭。雖然以功夫和經驗而言,大威明顯勝出,但彼得看來並不想接受給大威比下去的現實。

然而兩支結他沒有明確分工,怎樣準備、練習以至演奏,很容易出現混亂,樂隊合作幾次,也不免受到影響。

「這不清不楚的樣子，我無法玩下去！」大威終於忍不住在練習中途叫停。

大家靜下來好一會，內心都知道什麼一回事。

「誰做 Lead guitar，我還是彼得？」大威說。

「彼得，你玩 Rhythm ？」傑終於擠出一句。

彼得低下頭，手輕掃結他上的弦，像沒有聽見。

「俊明，珍妮，你們怎麼看？」傑像在尋找答案。

俊明搖搖頭，避開了傑帶著求助的目光。

「大威玩主音，彼得玩和音，試試這樣吧。」珍妮突然說，柔和語調中帶著堅定，像個作出裁決的球證。

「聽珍妮說，就這樣，好嗎？」傑接著說。

彼得仍然低著頭，聳聳肩像了無所謂。

「就這樣吧，」傑看大家沒有異議，如釋重負地抒口氣，但不忘補上一句：「像珍妮說，試一試也好。」

⚡ 紫色滾石

「樂隊沒有名字怎麼打出名堂？」大威突然提出了大家一向得不到共識的問題。

「我最鍾意圓圓的月亮，月亮的英文是……Moon，就叫什麼Moon 吧？」他提議。

大家搔頭昂首好一陣也想不出什麼，大威忽然指著珍妮的紫色圍巾，說：「紫色……就叫紫色月亮吧！紫色……紫色英文是什麼？」

「Purple。」彼得說。

「我們唱的歌好幾首都是 Deep Purple 的作品。」傑說。

「Deep Purple 嘛，勁嘢喎！」大威興奮地叫著：「我們隊Band 就叫做 Purple Moon，遲些想到更好的再改吧。大家 OK ？」

「月亮好像太柔和了些。」一直沒有發言的珍妮突然說：「我們玩的多是搖滾樂，又叫做樂與怒，Rock and Roll，對嗎？」

「你的意思是要硬朗，打得響的那種？」傑隨手「嘭嘭」敲了兩下鼓。

珍妮笑著點頭。

「我還以為女孩子都會喜歡月亮，夠柔和，又浪漫。」大威說。

「你是想當然吧。」珍妮說。

「Rock and Roll，有石頭，石頭夠硬了？」彼得說：「石頭又滾來滾去，怎麼叫才好呢？」

「大威說叫 Purple Moon，」俊明說：「不如改月亮做滾動的石頭……」

「就叫紫色滾石，Purple Rock，好嗎？」目仔搶著說。

「好主意！」珍妮拍手贊成。

沒有其他的建議或反對，樂隊的名字算是定了下來。

*****

大威加入之後，傑收到一些邀請上去船河或派對演出，但珍妮一聽見便耍手擰頭。

「上次去船河我也不知道為什麼這麼大膽，」她說：「見識一下夠了，再擔驚受怕我會崩潰，不行、不行。」

大威知道有人邀請出 Show 很興奮，但聞得傑一一推卻很不滿，怒氣沖沖向傑提出質問。傑忍著氣解釋是珍妮有困難，樂隊為了共進退也只好放棄。大威聽見是珍妮不想去便平息下來，以後也沒再提起這事。

很快傑和目仔聽到其他 Band 仔在談論什麼 Purple Rock 很強勁，特別是大威的主音結他如何超班，但說其他成員便「差一皮」。

這些話傳到彼得耳裡，他總會咬咬牙，不會說什麼，只是他在練習的時候更起勁了，有時太投入至旁若無人，好像老在和大威爭著突出自己的結他部分，有時甚而忘記大家要合拍。

「你們在搞什麼？這段你兩個不是應該合奏嗎？怎麼弄成像各顧各在 Solo 呢？」珍妮終於忍不住，眼瞪著大威和彼得。

「他沒有跟著大家夾過的樣子玩，老是臨時改變，那我部分怎麼辦？」彼得沒好氣地說。

「大家夾過有默契，最好仍然照那樣跟著玩，好嗎？」傑兩眼看著大威。

大威聳聳肩，攤開兩手一派無奈的樣子。

「你們怎麼說就怎麼做吧，」他說：「不過老是跟人家玩慣的方式去玩，一點變化也沒有，你們不覺得很沉悶嗎？」

「今日這樣變，明天又不同，那要變成怎樣才算好呢？」彼得沒好氣地問。

「我也不知道要怎麼樣才算好，要試多幾次才知。」大威又聳聳肩。

「這裡玩 Band 的人玩法差不多都這樣，我們跟得好便算不錯了。」俊明說。

「總是跟一般 Band 仔『大圍』的簡單玩法，太粗淺了，人家 Deep Purple、Led Zeppelin 原本的手法那會這樣水皮呢？」大威拍拍肩上掛著的 Fender 電結他說。

「他們是國際級人馬，我們只是業餘的樂隊，很難跟他們比較。」傑說。

大威想了一會，說：「我和你們的分別就在這裡。」

「你嫌慢歌不夠快歌勁，和我玩的古典音樂一樣沉悶，是嗎？」珍妮問。

「我沒有這樣說，你不要誤會。」大威連忙舉起雙手，像宣布投降：「你鍾意慢歌、古典也好，或什麼都成，我無所謂。」

「你可以說和我們的分別在哪裡嗎？」珍妮問。

「我對『業餘』兩個字沒有興趣。」大威說。

一時間樂室裡一陣沉默，各人無言相對。

「國際級也好，業餘也好，人人夾得好些便更進一步了，對嗎？」傑忙著打圓場：「算了吧，我們試試下一首。」

他手上鼓棒敲出拍子，催促大家開始另一首的練習，結束了這場未完的爭論。

⚡ 廟街的音樂世界

　　星期五晚上尖沙咀天星碼頭旁的五支旗杆，是許多人約會見面的地點，俊明今天站在這裡也不例外。傍晚拂面的海風比夏天的時候乾爽多了，看著泊岸又開出的小輪一艘接一艘，站在欄杆旁等候也不會感到沉悶。

　　宏基昨晚打電話來，說珍妮約明下午 6 時尖沙咀旗杆見面。俊明心裡好一陣子納悶，因為她從來沒有這樣提出見面，只有在樂隊練習的時候才出現。練習之後她偶爾會在茶餐廳和他們一起喝杯凍檸樂，但除了說很忙之外，便很少談到她自己的事情，所以俊明也想不到她為什麼找他。她好像許多預科高材女生般，聰明能幹，但又看來有些害羞、怕事。對珍妮而言，傑他們是完全陌生的一類，甚至可能是她父母眼中的「飛仔」，但珍妮和他們一起又好像很融洽。這些挺矛盾的事情，令她像個難以解釋的謎。也許像傑所講，她是有點「特別」。

　　「對不起，我遲到了。」耳邊再一次聽到珍妮熟悉的開場白。

　　碼頭公廁旁有幾張面向海港的長椅，空空都沒有人，他們挑了一張坐下。

　　「上次船河有登台表演的 Mike 有找過你嗎？」珍妮問。

　　「沒有，我跟他不熟，為什麼他要找我？」他感到奇怪。

　　「他透過貝麗找我去夾 Band，然後硬拉我去一間餐廳，說請吃飯表示謝意。我聽他的意思，其實是想我離開你們這一隊，加入他的樂隊。」她說。

　　這不出俊明所料，但他沒有說什麼。

「他說他自信有能力出唱片做歌星，但現時隊裡的鍵琴手功夫不行，想我加入令他們更出色，在青年音樂節奪標出風頭，又承諾我和他合作可以名成利就。」

「你的想法呢？」

「我當時不知道怎麼回事，沒有立即答應他，但是他跟著語氣變得強硬，說他認識很多人，如果我不答應，你們出來夾Band 不會⋯⋯」她說到這裡開始吞吞吐吐，講不下去。

「不會怎樣？」俊明也有些緊張。

「他說，」她低聲像怕別人聽到似地說：「我們出去表演也不會有很多朋友。」

俊明其實不太感到意外，一向覺得 Mike 像那些為達目的不擇手段的人，就似粵語片裡的麥基或飛仔大佬，或梁醒波演的孤寒老闆。

「他這樣說是什麼意思？我感到有點怕。」

「你有講他會怎麼做嗎？」

「不知道。我對他說我不想轉隊，跟著走出了餐廳。」她很堅決地說：「我不知道為什麼會這麼大膽，我只覺得不能讓人強迫我做我不願意的事。」

「不用怕，他是在嚇唬你，我們不會讓他這樣對你。」

「是嗎？」她問。

「當然！」俊明盡量堅定地說。

「你們不想我離開嗎？」

「我們當然希望你繼續合作下去，」俊明說：「有了你大家玩得更好，自己聽也覺得順耳許多。」

「真的嗎？」珍妮笑了笑，像對誇獎的說話不好意思。

「真的，一點沒騙你。」俊明說。

「不過，」珍妮靜默了很久，終於開口說：「還有其他的難題，我可能以後來不了和你們夾 Band 了。」

「為什麼？」俊明感到一陣震動。

「我爹哋昨晚問了我許多問題，說留意到我有點跟以前不一樣，想知道我為什麼這樣忙，在家老是關上門躲在房間裡。他查問過學校，知道我的成績下降了，又說我是否有什麼事瞞著家裡。」

「你有對他說明白嗎？」俊明問。

「你傻了嗎？我如果告訴他我和你們夾 Band，玩那些他說是無聊噪音的流行音樂，又去『飛仔、飛女』才會去的船河，他和媽咪會爆炸的。」她有點激動。

「這樣說好像我們做了些不對的事情，但其實錯在哪裡？」俊明說。

「以前我也以為這些都不是我會做的事，但現在我卻想不出有什麼不對。」珍妮說：「不過這樣子瞞著他們，我覺得好像罪犯一樣，日子過得愈來愈辛苦。」

「對不起，我本來以為你一起夾 Band 會開心，沒想過會這樣。」俊明說。

他想也許自己一直比較幸運，媽媽不會老是只許這樣、不准那樣地諸多限制，只是不斷告訴他：人長大了，要學習負責任和自己做決定，懂得怎樣做人。

「不是你的錯，」珍妮皺著眉頭說：「我玩音樂、夾 Band 都

很開心，這是我以前沒有感覺到的快樂，但同一時間又好像在做壞事般偷偷摸摸，我不知道怎麼樣應付。」

「如果你不能夠繼續下去，我會很明白，傑和彼得都會明白，沒有人會怪你。」俊明說，但沒有提到大威。

「我沒有想過將來做歌星、出唱片，像明高樂隊名成利就那種，更加不會像 Mike 那樣。」她兩手掩著臉說：「反而我現在玩音樂的時候，一首歌曲雖然只有幾分鐘，但就像是我可以投入和期待的時刻，有我自己的一部分在裡面，我開始感覺到擁有一些屬於我自己的東西，我不想就這樣放棄。」

珍妮的話裡透出了些說不出的哀傷，令俊明想起自己還在幼稚園寄宿的時候吧，他經常抱著玩的一個塑膠玩具公仔，但有天不知怎的失去了蹤影，怎麼找也找不到，他記得好像哭了一個下午。後來找到另一個公仔可以玩，但那個失去小男孩的公仔臉上的微笑，和讓他經常觸摸令致油漆片片脫落的圓鼓鼓身軀，還有最後接受現實的失落和悲哀，始終在腦海裡沒有忘記。

「如果你覺得很不開心，不如就這樣算了吧。」俊明說。

「你也覺得我不應該夾下去嗎？」她瞪著大眼睛問。

「不，我當然很希望你能夠留下，肯定大家也會這樣想，」我說：「但只有你才能決定應不應該繼續。」

珍妮看著海上飛越波濤的一群海鳥，沒有說話。

「而且，」俊明說：「我找你加入的時候，沒有想到帶給你這樣那樣的麻煩，我以為人可以為自己做決定，至少像玩什麼音樂這些事，每個人應該有權利為自己做主。現在你說應付不來，但我還要你留下，未免太自私了些。」

珍妮轉過頭看著俊明，仍然緊閉著雙唇。此刻這碼頭除了波浪拍岸的聲音外，只剩下一片沉寂。

　　「你知道嗎？」她凝望著維港對面中環的高聳商廈，兩手托著腮說：「我常常在這碼頭趕來趕去坐船過海，但有時候不知為什麼會停下來坐在這張長椅，看著波浪上面盤旋的海鳥，覺得牠們自由自在飛翔好像很開心，我替牠們感到高興，心裡隨之也放鬆下來。」

　　「是嗎？」俊明說：「我初中開始，便常常從旺角一路當散步走來尖沙咀這海旁，站在欄杆邊看海景，我猜這些海鷗已經當我是熟人了。」

　　「真的？你以為這些海鳥會認得你嗎？」珍妮一臉懷疑問。

　　「你不相信的話，可以隨便找一隻來問問。」俊明指著不遠處圍繞小輪尾浪的一群飛鳥，裝著很認真的樣子。

　　「你在大話西遊，我信你才怪。」珍妮說。

　　俊明攤開雙手，裝出無辜委屈的表情，珍妮忍不住笑低下頭，兩腮的頭髮讓海風吹起合攏遮住了臉。

　　珍妮說：「不曉得什麼原因，我總是喜歡這海港的風景，自小看著這裡一幢那裡一幢蓋起來的高樓大廈，好像這城市有自己生命似的，特別是傍晚一堆堆霓虹燈點亮的那陣，總讓我捨不得離開。」

　　「就像眼前現在這一刻，對嗎？」他說。

　　一群海鷗飛到俊明和珍妮面前的岸邊，發出此起彼落的鳴叫。

　　「你知道嗎，今天是第一次有人陪伴我在這裡看這海港。」珍妮說。

俊明感到心底一陣莫名的輕輕震動，但這刻不曉得應該說什麼，就讓浪聲和海鳥填補這刻的沉默。

「你留下夾 Band 也好，不留下也好，沒有關係，不過我相信你會像我一樣仍然喜愛音樂，對嗎？」俊明忽然想到怎樣打開這陣子空氣中的纏結：「我想去油麻地逛逛，找些唱片或卡式帶，你有興趣去看看嗎？」

「油麻地有賣唱片？」

「有！在廟街的夜市有好些街頭小檔攤，什麼種類的歌或音樂都有，翻版唱片、卡式帶很多，價錢非常便宜。」

俊明補充一句：「不過質素方面很難保證。」

珍妮搖搖頭，說：「你說的地方聽說……有點『複雜』。」

「我去慣了，街上人多又熱鬧，沒有什麼好擔心的。」

學校規定男生要穿白裇衫和白長褲，上初中時有同學帶俊明去廟街夜市找擺地攤的裁縫師傅，在這裡有許多衣料可以挑，而且想做流行的低腰貼身、喇叭褲款式都成，價錢比學校指定的校服專門店便宜一大截。當他發現這夜市有便宜的錄音帶和唱片的攤販之後，也不再覺得這裡是什麼人說「雜」的禁地。

俊明告訴珍妮做校服的事情，她臉上露出了半信半疑的笑容，帶些無奈地點點頭，拿起大布袋掛在肩上站了起來。

海港對岸中環大廈頂層的巨大霓虹燈光招牌經已在發亮，俊明相信廟街的平民夜總會也應該開始熱鬧。

隨便跳上一輛沿彌敦道往北駛的巴士，過了佐敦道的路口不久便是油麻地，從尖沙咀碼頭去文武廟所在的榕樹頭下車，用不了多少時間。眾坊街路旁滿是各種各樣的路邊食店和小販攤檔，

來逛的人在狹小的通道擠擁著，帆布帳篷的四角掛起光亮的電燈泡或火水燈，整段街道照得通明。

來到燈火最旺的一堆大牌檔，老遠便看見好幾個露天火爐烈焰高張，加壓的氣爐轟隆轟隆嘶叫著。有個光頭的師傅赤膊上身，頸上圍條「祝君早安」白毛巾，一邊拭汗一邊熟練地演出拋鑊功夫，不到半分鐘光景便完成一碟接一碟熱氣騰騰的小菜。

珍妮在旁口張目呆看著，一副難以置信的樣子。

俊明指指路旁坐滿人的圓桌和長方桌，坐在小板凳的食客都低著頭吃得津津有味。大小碟盤、啤酒瓶放滿桌上，蜆介的殼堆成連綿的小丘。

「你想吃東西嗎？」俊明問珍妮。

她笑了笑，縮起兩肩擺擺雙手。

在替人裁縫和算命的連串檔口旁邊，有好幾輛木頭車首尾相接地佔據了半邊馬路，上面堆滿了數不清薄膠紙包裝的錄音帶，不論有沒有聽說過的歌手或歌曲，中文、英文，傳統或流行，都無區別地堆放在車上。小販們拖了電線接上喇叭音箱，播放流行一時的廣東話流行曲，像《一水隔天涯》，麥炳榮、鳳凰女的粵曲大戲《鳳閣恩仇未了情》，還有是像七十八轉古老唱片播的周璇《天涯歌女》，像許多樂團和歌星同一時間簇擁在身旁表演，令人耳朵忙不過來。

「怎麼可能會找到這麼多不同的歌賣呢？」珍妮拿起一把外國古典歌劇的盒帶，一臉猜疑地說：「這個交響樂團灌錄的唱片昂貴又少有，我家裡很不容易才買到，中環的唱片店從未見過有錄音帶的版本，但這盒帶的價錢太低了，怎麼會這樣呢？」

俊明聳聳肩，看見那位小販阿叔就在面前，低聲在珍妮耳邊說：「這是翻版才會這樣便宜。」

「隨便看看，立刻播給你聽，不買也沒問題！」小販阿叔大聲說。

珍妮左挑右選，挑了一堆錄音帶塞進大布袋，把兩張鈔票遞給那位阿叔。

「怎麼有廣東話唱的西方童話歌曲呢？」她忽然停下，在手推車的盒帶堆裡撈起了兩、三盒，細看其中一盒帶子說。

「《雪姑七友》是什麼歌，你聽過沒有？這裡印著歌手叫……什麼……他是誰？好不好聽呢？」珍妮問俊明。

「我好像也聽過……」俊明勉強地回應著。這個特別的粵語版本，他們那些高中男生當然聽過。

「如果好聽我想買給我表弟，他剛升上小學一年級，Auntie買給他都是迪士尼出品的英文歌，他說聽多了有些悶。」她拿起盒帶細看，但在大光燈的光影中看不清上面細小的字，舉起帶子遞向看檔的小販阿叔。

「這盒帶像是舊版，」俊明連忙把盒帶從她手中接過來，裝作詳細研究的樣子，盡量很不經意地把音帶放回手推車上，說：「新版應該好些，配樂也更好聽，不過要下個月才有得賣。」

「阿哥，這盒《雪姑七友》已經是新貨了，」小販阿叔插嘴說，隨手撈出一盒相同的帶子，說：「立刻播給你聽，保證好聲。」

「謝謝你，不用了！」俊明匆匆拋下一句，趁小販彎身打開卡式機插帶子的時候，連忙拉著珍妮走出這攤檔行列。

珍妮有些不解，但還是跟俊明走出了人堆。

「今晚真是滿載而歸了！」她一派心滿意足的笑容，像忘記了剛才在碼頭長椅上的愁緒。

珍妮說要回家了，俊明和她跳上一部駛去佐敦道碼頭的巴士。下車的時候，往中環的汽車渡輪剛靠岸，闊大的下層船艙駛出好多輛噴著黑煙的貨車。

「謝謝你帶我找到這些好東西。」她拍拍夾在腋下的大袋。

「這麼多帶子，你回家可以聽好幾天了。」

「不行！」她搖頭說：「在家裡這些要藏起來，要聽也只能偷偷在房間裡用耳機或出外才聽，你明白嗎？」

對俊明來說，聽什麼音樂也好像呼吸空氣般平常，但這樣的事情竟然有可能是一種錯誤，其實並不容易明白。不過他還是點點頭，算是不懂裝懂。

世上有很多事情無論怎樣無法理解也只得接受，這方面俊明倒很清楚。

渡輪上層載客的閘口打開，乘客開始走上踏板上船，告示要開船的電鈴響起。珍妮匆匆說了聲「拜拜」，放下幾個硬幣在收銀員面前，走過旋轉閘口跑了進去。

「你還會不會來夾 Band 呢？」俊明霍然想起，隔著鐵欄大聲喊出了一個重要的問題。

珍妮在上船的閘門邊霍然停下，欲語又無言地看了他一眼，跟著頭也不回踏上了渡輪的跳板。

⚡ 變奏 Jam 歌

下午的練習很早便結束，珍妮沒有出現，大威夾了一會便說要去一下車房，跟著沒有了影蹤。彼得樂得玩主音結他的部分，大家盡量照夾了幾首，但缺少了鍵琴的部分只能含糊帶過，算是完成便了事。

昨天俊明照以前約定的方法，打電話去宏基的琴行，留言今天練習的時間地點，讓珍妮知道──如果她想知道的話，但結果卻令他有點失望。

目仔仍然來了，但似乎感覺到房間裡的沉悶空氣，由頭到尾靜靜地坐在一旁。也許他想避免發生上次和彼得之間的磨擦，今天他一直沒有碰房間裡的電結他。

傑提議停下到下面茶餐廳，雖然時間未夠鐘，但大家卻像如釋重負般放下樂器便跑出去，目仔也跳起來跟在後面。

「今天這麼早收 Band？很罕見呢！」貝麗斜著眼說，但他們大步走過沒理會她。傑付錢時閃出一剎有點不太友善的眼神，貝麗低下頭把錢塞進抽屜，裝做沒有看見。

茶餐廳幾乎坐滿了人，他們仍然找到在一角的四人卡位。

目仔拉來一張椅子坐在桌邊，讓彼得旁邊的座位留空，這是珍妮平日的座位。

「想不到才開始沒多久，這樣快便玩完了。」彼得歎氣說。

「什麼叫『玩完』？」傑點起了香煙，噴了一口雲霧，良久才說：「也不一定吧。」

還是俊明第一次看見他在大家面前抽煙。

「這樣下去，樂隊不會有前途，遲早散 Band。」彼得說。

「我們夾 Band 是玩音樂，你想要怎樣的前途？」傑問。

「玩音樂沒有錯，不過也不會只玩給自己聽，對嗎？」彼得說。

「你想要有多少人聽我們的音樂？」俊明問。

「不知道。」彼得聳聳肩，說：「Fans 總是愈多愈好吧。你看明高樂隊有名氣又有唱片賣，一出來多熱鬧啊！」

「為什麼要那麼多人做擁躉呢？」傑問。

「多人支持才算玩得好，這樣才顯得有料夠勁，不是嗎？」彼得說。

「我沒有想這麼多，玩得開心便足夠了。」傑說。

彼得嘆了口氣，說：「做人不能這樣沒志氣，要有點成就才對得起自己。」

「你的說法有問題，這跟志氣有什麼關係？」傑的語調強硬。

「不同意便算了，我不會跟你爭辯。」彼得舉起雙手像投降說：「只想隨隨便便玩一輪，難怪珍妮也沒有興趣玩下去。」

「珍妮沒有來，但我認為跟你說的沒多大關係，你不要亂猜人家。」傑說：「你覺得我們玩得很隨便、不夠認真嗎？」

「俊明，你怎麼看呢？」彼得沒回答傑，轉過來問他。

「珍妮來不了有她的理由，應該不是你說那些問題。」俊明不想把珍妮的私事講太多，自己這方面倒可以老實回答：「我才剛開始，不出錯炒粉便好了，只能盡力做到最好。其他什麼出名、

錄唱片，從來沒想過。」

「說得也是，你是新手，不懂這些。」彼得帶點不屑地笑了笑，說。

「這裡誰不是新手，你也不是玩了很久，憑什麼講這些話？」傑看起來很不高興。

彼得呷飲他的咖啡，沒有說話，空氣中是僵硬的沉默。

「你們玩得這麼好，不投機的說話少點談吧，最要緊是有合作精神……」目仔在一旁靜坐了許久，開腔似乎想做好心打圓場。

「你是什麼人？你識玩 Band 嗎？你不過跟出跟入，好聽叫做跟班，輪不到你插嘴！」彼得打斷了目仔的話。

目仔連隨又低下頭，身子像矮了一截。

「對不起，我又做錯事了。」目仔低著頭嚅囁著說。

「不關你的事。」俊明輕拍他肩膀。

目仔徐徐站了起來，呆站得了一會，說：「很抱歉，都是我不對，你們怪我好了，不要傷和氣……」

目仔向門口走了出去，下面的話已聽不到了。

「你別太過份了，目仔不是隊員，也算是個朋友吧，何必這樣奚落人家？大佬我見過不少，在我面前你用不著裝腔作勢。」傑瞪眼看著彼得，這是我一次看見他眼中的怒火。

「你認識的那些大佬，我肯定沒有資格當！」彼得站起來，拋下一張鈔票轉身急步離開，邊走邊說：「算了，不用再談下去了！」

彼得的話中有刺，雖然他一向給俊明的印象不像是那類會看扁別人的傢伙。

傑攪動面前的凍檸茶，鐵青著臉沒說話。

*****

過了幾個星期，樂隊都沒有上旺角的樂室練習，俊明也用點精神面對這段時間學校的測驗考試等等。成績怎麼樣其實對俊明來說應付過去便算了，因為預科班上每個學生都知道，明年春末的公開考試才是定生死的關口。

傑說大威和另一隊人在試夾 Band，有空才會來，之後再也沒有他的消息。

上課時傑依然靜靜坐著，但可以不時看到他手指在桌子下面輕輕地敲打著節奏，兩腳微微起伏像在踏動桌下無形的大鼓和銅鈸。

俊明在課室忽然懷念在 Band 房裡又彈又唱、大汗淋漓的時光，當時震耳欲聾的聲浪現在似乎卻感覺很悅耳。大威來去飄忽，俊明對他沒有太大的期盼，但沒有珍妮和彼得，樂隊像缺了兩個輪子的汽車，歪倒路旁動不了，也不知道怎樣能夠再上路。珍妮一點消息也沒有，打給宏基他總匆匆回了句「不知道」便掛了綫。傑沒有再提起彼得，俊明猜他很難會找彼得談話。

有天在課室小息的時候，傑走過來問：「你那支 Rickenbacker 低音結他好用嗎？」

「很好，至少是支真的 Bass，指位和手感都可以練，」俊明說：「我出多兩次糧就夠錢付你朋友了。」

聖誕節假期快到，百貨公司會找他開多幾天工，到時工資加起來會剛好。

「別誤會，不是催你付錢找數。」傑說：「你還想不想夾

Band？」

「有得夾當然好，但我們少了兩個人，剩下我和你了，怎樣才能湊成一隊呢？」

「我正在想辦法，找到珍妮嗎？」傑還是提出一個老問題。

俊明搖搖頭。

「沒辦法，暫時也只有這樣了。」傑胸有成竹說：「不要擔心太多，見一步走一步。老時間、老地方。」

星期六上到 Band 房俊明已經遲了些，貝麗在點鈔票，頭也沒抬只用手指一指房間。

在走廊他聽見好幾下玩奏電結他的聲浪，是兩段急促而難度頗高的和弦夾著獨奏 Solo。

彼得回來了？他心裡突然跳出這個想法，但一瞬間他並不相信這有可能出現。上次的氣氛很糟糕，不是輕易可以解決的心結。

打開房門，看見身上掛著電結他的目仔，和鼓座上的傑面對面在合奏。

「介紹我們的結他手：目仔！」傑像介紹歌星出台般伸出手。

目仔一臉不好意思，向俊明哈著腰說：「請多指教！」

俊明笑笑說：「不要這麼客氣好嗎？」

「目仔其實一直有自己練，不過有點怕醜，沒有在我們面前提過。」傑說。

「相比高手像彼得和大威，我的三腳貓功夫怎能講出口呢？」目仔說。

「各有各好，也不一定只有誰才玩得棒。」傑的口吻忽然冷了半截。

「大家一起玩，多練習大家都會愈來愈好，沒有所謂。」俊明說。

「你們好像人少少，有沒有興趣讓我 Jam 一兩隻歌？」房門霍地打開，進來一個熟悉的高大身影，披肩捲的曲長髮隨步伐飄動，說話聲線洪亮。

「所以說，白天不要講人，一講就出現。」目仔裝了個鬼臉。

「你的新隊友呢？」傑沒回答大威，只冷冷反問。

「這一批還未夠班，我還是獨行俠。」大威笑嘻嘻說，似乎忘記了他曾經說要加入傑和俊明這一群。

「你想做一個人的樂隊？」俊明說。

「我隊新 Band 就快出現，到時肯定人強馬壯。」大威帶點興奮地說。

「祝你好運了！」傑說。

「不過聽聞你們散了，是嗎？」他突然搓著雙手，臉上一副憐憫的表情。

「暫時歇一歇而已，算不了什麼。」傑說。

「抖到幾時？」

「大家想歇息到什麼時候才說吧。」傑說：「到時一切回復完美。」

傑的話聽來輕鬆，但俊明知道他其實不很樂觀。

「有心就要趁早做，放低了就很難追回來。」大威指指手上的私伙電結他：「我也聽聞你們人腳有些問題，我這個人最喜歡湊熱鬧，今天大家做一天隊友如何？」

傑看俊明和目仔沒有反對，接受大威的提議，玩了幾首最常

玩的 Deep Purple 歌曲。

　　大威的主音結他雄渾實在，指功準繩和音色老練，很快便和傑的鼓帶出歌曲的骨幹。一些彼得平日覺得很富挑戰性的關口段落，大威玩來像不費吹灰之力。目仔偶有炒粉的地方，大威也不受影響，笑著保持節拍巧妙地讓目仔跟上，並不時停下來對他指點一下巧妙的環節在那裡和怎樣應付。

　　「今天就玩到這裡吧。」歌曲甫完，他突然拔掉結他連上擴音箱的接線：「今晚有事。」他說。

　　他在俊明身旁收整電結他回盒子裡，俊明嗅到他身上散發出來淡淡的汽油味道，可能是剛從樓下他工作的車房上來。

　　「幾時再夾過？」目仔似意猶未盡。

　　「很難說，我今天不是做了隊友嗎？下次再說吧。」大威聳聳肩，開朗的笑容像無所謂。

　　「今日 Jam 得不錯，多得你了。」傑顯現近日少見的興奮：「差少少便和我們以前那樣完美。」

　　「不要浪費時間想完不完美了，」大威說：「像我『鍊車』那樣，谷巴仔可以同波子鬥，不完美並不是藉口，最要緊是夠膽去馬，不要害怕。」

　　「謝謝你教路。」目仔站在門伸出手，像在恭送大威離去。

　　「用不著這樣正經吧？」大威笑著和目仔大力握手，說：「你手勢不錯，玩多些一定掂！」跟著大踏步出了 Band 房。

　　像以前一樣俊明他們在茶餐廳享用夾 Band 後的下午茶，久違了的興致又再出現，三個人大談怎樣改動這改動那，便可玩得好聽些。只是在大家高談闊論時突然靜下來的一刻，似乎同時感

到欠缺了兩把熟悉的聲音，那陣悵然若失的沉默在人聲沸騰的茶餐廳內，顯得特別令人不安。

大家出來分手後，俊明從洗衣街走向麥花臣球場，好些街坊球隊在耀眼的大光燈下踢球，大門外停了幾輛看來改裝過的汽車，一陣陣夾雜爆發的引擎咆哮聲音刺進耳鼓。

車子旁邊一堆人身穿黑皮外套或連身工作服，一邊吸煙邊大聲談話，忽然聽見有人大叫俊明的名字。

大威跑過來，拍拍俊明的肩膊，剛站定便說：「她是否你的女友？」

「你在說誰？什麼女友？」面對這忽然跳出來的問題，俊明一臉茫然。

「我是說珍妮，你隊 Band 彈 Keyboard 那個女仔，很斯文那個，除了她還有誰？」他趕緊解釋：「你識許多女孩嗎？」

俊明搖頭，沒有回答。

「貝麗說是你帶她來夾 Band。」

「我帶她來就是夾 Band，沒有其他，」俊明說。

「就是這麼簡單？」他似乎有懷疑，瞇著眼說。

俊明堅定地點頭。

「珍妮今天沒有來。」大威似乎很關心：「她什麼時候會出現？」

「不知道，很久沒有她的消息了。」俊明沒好氣地回答。

「你不去找她問一下嗎？」

「沒有想過有什麼好問的。」俊明說，但他心裡其實有太多問題想找珍妮，只是沒有勇氣去做。

大威想了想，問道：「她是不是你條女？」

一時之間俊明不知道怎麼樣回答，只本能地搖搖頭。

「你不要怪我唐突。」他緊接著問：「你在追她？你想追她？」

俊明同樣不知道怎樣回答，他鄭重地搖頭。

「那我便安心了，我挺鍾意珍妮，雖然她和我是兩類人。」大威像鬆了一口氣，露出爽朗的笑容：「我不喜歡撬人家牆腳，你是斯文人，我應該先問一問你，你明白嗎？」

俊明呆呆站著，不曉得應該怎樣回應。

大威正想講什麼，但這刻有人跑來把大威拉了回去車群，眾人隨即各自上車，引擎發出震耳的噪音此起彼落，像一群準備離巢獵殺的猛獸。

一輛藍色的「谷巴仔」房車在俊明面前霍然停下，車頭和車頂印了醒目的長條白漆，像這幾年在澳門賽車盛會出現過的類似型號。

「俊明，看不看鬥車？」大威伸頭出車窗問道。

「你去那裡鬥車？」

「龍翔道，想看便快點上車。」

俊明其實有些好奇，但一種不安的感覺令他打消了這念頭。

「今晚沒空，」俊明說：「也許下次吧。」

「隨便你，沒有問題。」大威露出爽朗的笑容：「拜拜！」

俊明擺擺手還未放下，大威的谷巴仔已隨著引擎噪音此起彼落的車群駛出洗衣街口。

*****

星期六下午，傑、目仔和俊明三個恢復以前的音樂聚會，也能夠簡單點完成部分他們熟習的歌曲，不過俊明腦中總忘不了之前有珍妮和彼得一起更熱鬧的片段。

在學校門口外等女孩子放學，對俊明來說是全然陌生的體驗。這次的原因不是想要追求誰，也和邀請消遣或約會沒有關係，而是他希望挽回樂隊的組合，不要只有短短幾個月之後便灰飛煙滅。他覺得如果不盡最後的努力找珍妮，勸說她再一起夾Band，好像醫生沒有盡全力去挽救垂死的病人般。而且俊明抱有一點幻想，就是如果珍妮回來，彼得看到也有可能歸隊，願意抹去他心裡和傑的不和，大家一起重新上路。

　　這所女子中學的大門有個古意盎然的牌坊，旁邊沒有住宅或店舖，下雨天港島半山路人稀少，顯得有點冷清。珍妮從大門走出來一眼便看到站在路旁的俊明，她在俊明面前停下腳步的時候，臉上沒有半點驚訝，反而令他有點意外。她身邊同行的同學，互相交換眼色便爽快地向珍妮揮手說再見。其中一個也是清湯掛麵直髮的女孩經過時，回過頭想看俊明胸前的校徽，不過他手快把抱著的書包遮擋了上半身。

　　「下雨天等人放學也不帶把傘，一點誠意也沒有。」直髮女孩做個鬼臉便隨同伴跑開。

　　眉頭緊皺的珍妮輕輕揚手，示意離開校門的範圍，又左顧右盼看有沒有引起旁人注意。俊明相信她並不習慣有人等放學的場面，其實剛才校門外也有兩個穿著別校服的男孩在徘徊，和他們等待的對象會合的時候，沒有半點不好意思的樣子。

　　雨點開始頻密，珍妮把手放在頭上遮擋打在臉上的水珠。

　　「對不起，我出門一向不帶雨傘。」俊明帶著歉意說。

「誰叫你在這裡找我？」她似是明知故問。

「沒有人要我來，是我想來找你。」俊明連忙補充了一句：「上次在琴行第一次碰面，你穿校服。我問宏基這學校在那裡，他叫我翻電話簿查一下，又說你這學校不難找，我運氣好的話可能會遇到你。」

「這個宏基人很好，就是太好管閒事。」

「你不要怪他，是我死纏爛打，才迫著他漏了口風。」

「我不會怪他，怪也沒用。」她說：「怎麼怪責他也不會怕，也沒法把他趕跑。」

「是嗎？」俊明好奇心又來了：「為什麼？」

「宏基的媽媽，是我媽咪的大家姐，」珍妮說：「即是說，他是我表哥，自小看著我長大。」

俊明這刻恍然大悟。

「你找我有什麼事情？我爹哋在下面中環辦公，有時他會失驚無神駕車接我放學，你最好快些講完跟著立刻消失。」

「對不起。」俊明除了道歉一時想不出可以說些什麼。

「我不想再被人說有男仔在學校門口等放學，上次已夠麻煩了，今次是你，不能再有下一次了。」她又在東張西望，像隻在叢林警戒中的小兔。

「我只想你考慮一下和我們繼續夾 Band，讓這難得的合作機會繼續下去。」俊明一口氣把話講完，但他心裡同時冒出一個問號：有誰來過等珍妮放學？

但俊明知道此刻不能想別的事情，他努力集中精神，把彼得和傑鬧意見，之後也沒有再來練習的事說了一遍。

「現在這樣子，那你想怎樣？」她問。

「你已經成為我們重要的隊員，有了你之後我們玩得比以前好了，大家很重視你的參與。你如果願意回來，我相信彼得和傑也可能和好，我們可以一起重新開始。」俊明老實說出心裡話，但提醒自己盡可能別流露出懇求的語氣。

「會嗎？你是不是太理想了？」珍妮瞟了他一眼：「還有什麼呢？」

「我很懷念以前大家一起在 Band 房練歌，柴娃娃出去船河表演的時光。」

「是嗎？除了這些之外，你想我回來，還有其他原因嗎？」她像在盤問。

俊明想了想，說：「沒有了。」

珍妮輕嘆了一口氣，沒有說話。

「所以，希望你考慮一下就好了。」俊明說：「我會把星期六去 Band 房練習的時間早一天告訴宏基，你想來的話可以給他打電話。」

「你讓我冷靜一下再說，好嗎？」她好像在婉拒一個令人煩惱的邀請。

「對不起，也許這要求太過份……」俊明說。

這個平凡的期望，對另一個人竟然像增添莫大的困難，不如收回算了，他想。

「不，一點也不過份，你們沒有錯。」她有點著急說：「問題是我不知道怎樣做才對。」

「前兩天我媽咪入我的房間跟我談了好久，問我是不是跟些不好的人一起混，怕我學壞。又說不要行差踏錯，破壞家門的聲譽。」她接著說。

「怎樣叫做行差踏錯呢？我不明白。」俊明腦子不停回想這幾個月珍妮和他們一起的時刻，企圖尋找任何片段，應該被人看做「行差踏錯」的事情。

「我知道她在說什麼，」她的聲音有點顫抖：「但是我始終不明白我真的犯下了什麼大錯，要不得不洗心革面般糾正才成。」

「她又提醒我很快便要在大會堂做音樂會演出，擔綱的是風頭很勁的年輕名家，我會同場鋼琴獨奏兩首曲子。她要我專心準備，不能出醜。」

「你的家人在香港出名嗎？」俊明低下頭，說：「我從來沒有理會這些……」

珍妮咬咬嘴唇，說：「算了吧，不要談這些好嗎？」

俊明聳聳肩，什麼名門望族跟他距離都很遙遠。

「你媽咪知道我們這隊 Band 嗎？」他問。

珍妮點頭：「可能吧，但我不想猜是誰告訴她。」

「你爹哋呢？」我問。

「他工作很忙，在家的時間一向不多，」她說：「他沒有找我談，但近來我覺得他看我的眼神有點怪，話也比以前少了。」

一架巴士在身旁馬路轟隆駛過，把他倆從相對的沉默中喚醒。

「我想你明白，我其實也不想這樣放棄，但繼續的話我又能維持多久呢？」她說。

「我也不曉得。」俊明勉強地擠出了這句話。

忽然她緊張起來，兩手向俊明又推又趕說：「我爹咃的車就在路口，不能讓他看到你和我談話，你趕快消失啊！」

校園圍牆外空蕩蕩，沒有店鋪可以躲進去，俊明只好跑向路旁的一棵大樹後面站著，希望粗粗的樹幹足以遮蓋他的身影。

一陣很討厭的感覺湧上來，令他腦裡熱血翻騰。俊明問自己：為什麼這樣談話也不對，竟然要躲躲藏藏？

過了不曉得多久，俊明從樹後望向剛才珍妮所在的地方，已看不到她的身影。

珍妮參加樂隊承受了不小的壓力，他覺得沒有理由怪責她不能繼續下去，心中感到一種說不出的憐惜。

⚡ 龍翔道上的呼嘯時刻

　　小山坡下面龍翔道的車輛疏落，往來東西九龍的重型貨車在黃昏時分更形稀少。一群從旺角歌和老街上來的十來架私家車，快速地來到路口轉角的一處空置的地盤停下。圍繞地盤的木板欄柵有些已經呈現鬆散，旁邊的叢林擋住了部分視線，不容易被快速來往的駕車者發現。

　　震耳欲聾的汽車引擎聲音逐一減退，車上走出一批衣著像車手的駕駛人和他們的追隨者，和俊明在麥花臣球場旁邊所遇到的人相似，其中有幾個是年輕的女孩。

　　「我不是說他們會來這裡集合嗎？」傑熄滅了手中的香煙對俊明說，一派先見之明的神氣。

　　今晚來看「鬥車」是傑的提議，貝麗告訴他，大威會載她來看熱鬧，一向像除了打鼓便什麼都提不起勁的傑，出人意料地要來一趟看熱鬧。

　　俊明本來不太感興趣，不過在聽說貝麗會拉珍妮一起來，他便改變了主意。

　　「珍妮會來嗎？不可能吧！」俊明像向個囚犯迫問真相的探員。

　　「這是貝麗說的，信不信由你。」傑聳聳肩：「女孩子的事情，誰能說得準呢？」

　　兩天後要交的功課晚一點擔心吧，俊明對自己說。

　　車隊後面一架深藍色迷你谷巴仔停下，車頂漆上醒目的粗白

間條，踏出司機座的是穿了黑皮外套的大威，另一邊是兩個長髮的女孩。

「我沒有騙你吧。」傑說。

雖然戴了個又長又捲曲的假髮，還有遮了半個臉的太陽眼鏡，俊明仍然一眼便認出縮在貝麗身後的珍妮，她的樣子令他想起船河派對的晚上。

貝麗隨著大威往人堆走，把珍妮甩在後面，她一時像有點無處容身地不知所措，看見俊明和傑便立刻跑過來。

「你們怎麼也會在這裡？」珍妮像找到了浮在海上的救生圈。

「來看熱鬧嘛，沒有什麼出奇。」傑指了指小山坡上三兩成堆的人群：「你來這裡反而太奇怪了，不是嗎？」

「貝麗硬要我陪她，又說有大威的車接送，推她不了。」她撥弄長長的「頭髮」說：「船河那次全靠她幫忙，你們還記得那晚吧？」

「記得，」俊明說：「怎會不記得呢？」

貝麗走過來要拉珍妮去山坡找個好地方看賽車，珍妮一聽要等至深夜，立即搖頭擺手說要走了。

「我說去同學家趕 Project，但也不能太晚回家。」珍妮指手上的錶緊張地說：「每次晚上九點多十點還不回到家，他們便會打電話四處找我，如果爆煲我便慘了。」

「『他們』是誰？」大威和貝麗剛走過來，他好奇地問。

珍妮忽地靜了下來。

「她的爹哋媽咪。」貝麗替珍妮回答。

「哦……」大威做了個恍然大悟的誇張表情，但笑容帶著嘲弄：「爹哋媽咪的話，一定要聽，不聽話會打手板呢……」

「你不要笑人好嗎？」貝麗說。

「不敢、不敢。」大威聳聳肩，坐上自己的谷巴仔發動引擎，車子開始一下接一下咆哮。

忽然一陣尖銳的煞車連同叫喊聲音撕破寂靜，一輛改裝了寬大輪胎的跑車霍地急停時，一個女孩倒在車頭旁邊。幾個人慌忙跑過去把女孩扶起，廿多歲的男司機下車時一臉驚愕，更多人圍著像受了輕傷的女孩。

「那車子把人撞倒了，怎麼辦？」珍妮掩著口慌張地說：「要叫救護車嗎？」

大威踏出谷巴仔，冷靜地伸頸看了一眼。

「沒事，小意思。」他說。

俊明看過去，女孩已經在旁人攙扶之下站起來，但身子有點搖晃。

「這太危險了，」珍妮口裡不斷喃喃自語：「我不想留下來看什麼賽車了。」

抵不住珍妮的連番請求，貝麗終於同意讓她先走，叫大威載她下山，並指明要俊明幫忙為她截的士。俊明樂得不用在這山頭呆等至深夜，反正他來並不是真的對賽車有興趣，匆匆跟傑打個招呼便上了大威的車。

「有份鬥車的先在西貢集合，還要先找幾輛車探路，Check清楚路上有沒有警察擺路障查車，可能午夜才開始了。」大威指

指旁邊陸續發動的車輛，轉過頭向坐在後座的珍妮說：「我送你到黃大仙、九龍城附近，那邊會有的士，對我來回一程也不花時間。」

俊明看到大威放電結他的黑長盒子就靠在後座，珍妮小心翼翼把它放在旁邊。

車隊在響亮的引擎聲中駛上大路，輪胎摩擦地面發出尖銳嘶叫，大威的車跟在最後。龍翔道車輛稀少，車群利用路面的空間拐彎抹角疾駛。

「你呢？」他扭頭看俊明問道，完全不當駕駛著高速行進的車子是一回事。

「九龍城有巴士出旺角。」俊明盡力若無其事地回答。

大威的谷巴仔緊跟在前面一群馬力強勁的跑車後面，細小的車廂像風中的樹葉般左搖右擺。大威熟練地扭動駕駛盤，一隻手忙碌配合腳踏轉換排擋變速，車子在彎曲的路上不要命地飛馳。車隊領頭的幾輛車以高速互相追逐，後面大威的迷你谷巴仔也不遑多讓，各自爭先鬥快。

「大威，你不要跟他們那麼快好嗎？」珍妮像在哀求：「出了意外便糟透了，拜託。」

「膽子這麼小太不像話了，」一臉興奮的大威說：「我不能讓他們甩掉，叫他們也嘗嘗這谷巴仔的厲害。」

「你不覺得這樣很危險嗎？」珍妮強抑激動地問。

「怕不了這麼多。」他嘴裡敷衍著：「生死有命嘛！」

「你的寶貝結他也在車上，你不怕出了事會摔壞嗎？」俊明嘗試尋找大威的弱點。

「那是我賽車贏了的錢買的，跟這架車和我是分不開的。」大威依然不改高速地拐彎飛馳。

珍妮雙手掩著面，低頭不再說話。

「不是每個人都跟你一樣什麼也不怕。」俊明雙手緊按面前的錶板努力坐穩，勉強擠出一句話。

大威抬頭看看倒後鏡在驚恐縮作一團中的珍妮，不知怎的車子徐徐慢了下來，在一個路口轉出了聯合道。

「前面九龍城多食肆，你會容易找到的士。」沒有風馳電掣的刺激，大威似乎緩和下來，語調也平淡了。

一排幾輛的士停在衙前圍道路口，車頂小燈放著光亮在招客。

「剛才是不是把你嚇壞了？你不會想吐吧？」大威停了車，看著倒後鏡裡的珍妮說。

珍妮沒有回答，打開車門。

「我習慣了揸快車，沒有想要令你不舒服，」大威說：「你有膽走上台表演，我還以為你不會很容易害怕。」

「我膽子沒有你想得那麼小，」珍妮抒一口氣，挺直身子說：「你不怕上台表演嗎？」

「其實我害怕上台，也害怕揸快車，每次我都會出一身冷汗。」他轉身看著她。

「真的嗎？」珍妮感到驚奇：「那你為什麼又要做呢？」

「我一世人就是喜歡做這兩樣事，儘管多害怕，我也不會放下。」

「未見過有這麼變態的人。」珍妮說。

「我就是這樣的人。」大威擠出帶苦澀的微笑。

珍妮不可置信地搖頭。

「希望沒有嚇壞你。」他鄭重地說：「對不起。」

「算了吧。」珍妮踏出車，吸一口新鮮空氣：「你載了我一程，還是要謝謝你。」

珍妮匆匆向俊明搖手，快步跳上排在最前面的一輛的士。

「我也謝謝你讓我坐順風車了。」俊明打開車門。

「不用客氣，」大威說：「你們都是斯文人，太好禮了。」

「說不上什麼斯文，各人習慣不同而已。」

「對，我是習慣成自然。」大威問：「你也覺得我很變態嗎？」

「不算很變態，」俊明說：「只是有些少而已。」

「是嗎？」大威咧著嘴，露出像聽到恭維說話的笑容。

俊明肯定地點頭。

「其實這方面，我覺得你也有些少。」大威扭動軚盤把車子開出大路，伸出頭對俊明說：「我們都是同一類人，只是外表不一樣，你知道嗎？」

沒有等俊明回話，大威的車子已疾駛而去。

⚡ 禮服之夜

　　這個星期五是公眾假期，俊明回到百貨公司工作，除了星期日全天之外，部長近來給他逢假期添加一天或半天的工時，應付愈來愈多的人客，俊明也好賺取多些外快，可以早些存夠買那支低音結他的錢，歸還給傑。

　　「俊明，今晚幫手做多兩個鐘，成嗎？」部長手拿電話話筒轉過頭問俊明。

　　「行，沒問題。」俊明平日很少要延長工時，現在臨時加長兩個小時，也就多賺點工資，對他來說是好事。

　　「今晚的差事有點特別，你要出去中環走一趟。」部長放下電話說：「有個公司的 VIP 買了一套『踢死兔』，今天早上拿來改，說晚上要用，現在臨時說沒空來取，經理要男裝部找人專門送去。」

　　「什麼貴客，要這樣特別服務？」在旁的劉姑娘問。

　　「你知道這公司屬於哪個家族企業集團的嗎？」平時語音雄渾、中氣十足的部長，這刻壓低聲音，說出了一個家族大股東的姓名。

　　「他的兒子今晚要穿上這套『踢死兔』見人，要限時專人送到，不得有誤，你明白嗎？」部長說。

　　劉姑娘像恍然大悟，嘆口氣對俊明說：「我們都忙不過來，唯有辛苦你了。」

　　部長捧來一套連衣架包好在透明膠套裡的全黑晚禮服西裝，小心翼翼交在他手上。

「衣服剛剛準備好，你趕快坐的士去尖沙咀碼頭，上天星小輪過海去中環大會堂，低座大門口在票房旁邊等，有人會來拿禮服。」

他從收銀櫃台後面的員工衣帽架，取了一件胸前印有公司名字的背心替俊明披上：「人家一看便知道你是來送衣服，不會說找不到你。」

部長把兩張鈔票塞進俊明口袋，拍拍他肩膀便把他帶出公司門口，伸手截停一輛的士將他推上後座：「車船費公司付，剩下的下次帶回來報銷，送到之後不用回公司。」

「答應了人客七時前到，你千萬不要遲了！」車門關上前，部長發出最後的指示。

坐渡輪過維多利亞海港不知有多少次了，在兩岸的高樓和新穎建築之間的海浪中穿越，對俊明從來都是賞心而嫌太短的旅程，不過這個黃昏的心情不太一樣，因為部長聲線宏亮的吩咐還在耳邊徘徊，拂面的海風令人哆嗦。

踏過跳板走出碼頭，鐘樓已敲響第一下。第七下剛敲完，俊明已經捧著大袋裡面的禮服跑進低座的玻璃大門。

「你是送衣服來的嗎？」一個穿禮服黑色領帶的年輕人，穿過票房的排隊人潮走來，雙眼打量著俊明捧著的禮服和身上繡有公司字號的背心。

俊明還未來得回答，已被他拉著快步跨過幾道關上了的門廊，走進後台側面。

「你在這裡等等，不要跑開。」他的背影在陰暗的走廊消失。身旁有許多工作人員忙碌地搬這搬那，台邊站了些等待綵排的演

出者，他們穿黑色筆挺禮服或剪裁優雅的晚裝，頭髮油亮整齊，安靜站在一旁等待上場試音。俊明找到另一側放滿大串布幕和繩索的空間站定，小心把衣架上的禮服用手輕輕由上至下掃平，外包的透明塑膠袋完整無損，看來他今晚的特別任務很快會順利結束。

台上放了十多張椅子和樂譜架，排成一個半圓，中央聚光燈照射一座偌大的三角鋼琴，一個年輕女孩正在調校座椅，從背後看見她身穿露肩的吊帶黑色長裙，一頭亮麗及頸的頭髮。她看了看琴上打開的樂譜後把它合上，轉頭望向舞台側面，像在安靜地等待什麼。

「大家靜一靜，現在獨奏部分試一試，燈光和音響趁這刻做最後調整。」舞台邊一個戴上耳筒的大鬍子中年男子伸手示意。

台上的忙亂此刻驟然剎停下來。

女孩低首彈奏，清脆的琴音開始在空氣中舞動，她身子隨節奏微微晃動，像和音符融為一體，琴鍵上看似有難以細數的手指在跳躍。

忽然間，俊明有種似曾相識的感覺。

這女孩不就是珍妮嗎？

妙曼忽而激昂的琴音霍然停住，女孩兩手緩放在膝上，似仍然未脫離剛才像洪流般的音符之中。

台上許多人像重新灌注了生命的玩偶，在一瞬間復活過來，繼續中止了的動作，語音四起，各有各忙。

俊明正想換個角度看清楚女孩，不防有人在身後拉住他。

「跟我入後台。」

剛才穿黑西裝領路的年輕人快步帶俊明來到化妝間門口，他對裡面的人說了兩句，把俊明手上的禮服一把拿起送進去。

「你可以走了。」他指了指原路進來的走廊，上面有個發亮的英文「出口」指示牌，連隨把化妝間房門關上。

一時之間俊明感到如釋重負，部長交托的任務完成了，剛才趕車搭船的緊張一掃而空，四處張望找出路離開時，反而腦裡有些迷惘。

在後台轉了兩三個彎，推開在「出路」標示下的一道鐵門，建築物外的夜空之下。這裡像是後台外的一個小庭園，草地上裁種了幾簇矮及半身的灌木，四角的柱燈散發著有氣無力的光亮。

「俊明？」燈影下的角落忽地走出一個矇矓人影。

沒錯這是珍妮，她就是台上獨奏鋼琴的女孩，身上仍是那套黑色禮服。有些喱士花邊的長衫，閃亮亮像絲綢級的料子，吊帶裁剪露出潔白雙肩，又剛好遮蓋了少女的曲線身段。

俊明盡量叫自己視線在她胸口前幼滑的吊帶上面停住。

「你怎會來這裡？」

俊明告訴她為百貨公司送衣服來的事情。

「幸好你及時送到了，」她吃吃地笑：「家輝是今晚的主角，他整天緊張得很，剛才還說禮服不合身寧可不出場呢！」

「誰是家輝？」

「他就你送來那套禮服的主人，」她說：「我會在他出場前先表演。」

「是不是好像我們在船河演出時打頭 Band 那樣？」俊明問。

「有些類似吧，不過今晚我只彈兩首曲，不需要像船河那次玩十首那麼累。」她回答。

「你覺得哪一樣更好玩呢？」

她停下來想想，說：「很難說，兩種感覺很不同，但我好像兩樣都喜歡，行嗎？」

「當然可以。」

她伸了伸舌頭，笑著說：「真的話便太好了。」

「為什麼不行呢？」俊明問。

珍妮正要說話，他身後的鐵門「啊」一聲打開。

「珍妮，你還不快準備出場，在這裡做什麼？」

一個穿黑西裝的男士走出來，燈影裡顯出身材挺高大，臉上蓄小鬍子，銳利有神的目光從珍妮掃到俊明身上。

「他是我的朋友，方俊明。」珍妮嚇了一跳，但隨即定下神。

「哪裡的朋友？」他伸出手輕輕和俊明握了一下，眼裡的狐疑沒有減少。

「他跟宏基學音樂，是他介紹的朋友。」珍妮說。

「對了，你跟宏基學音樂。」他轉換了另一種說不出的特別目光：「宏基的結他功夫很好，你跟他學到不少吧？」

「宏基是個好老師。」俊明應著，心裡不斷猜這位男士的身份。

「他是我爹哋。」珍妮帶著鄭重其詞的口吻。

「林先生，你好。」他盡量保持鎮定，不想流露心裡的震動。

「Dr. Lam。」珍妮更正。

「你好，Dr. Lam。」俊明話裡加添了兩分敬意：「幸會。」

「你也來聽珍妮的演奏嗎？這場音樂會一早爆滿了，門票很不容易找，許多朋友都來跟我要票，你很早便訂票吧？」他問道。

「俊明他……」珍妮一時找不到話。

「我沒有門票，來的時候也不知道珍妮今晚有演出。」

「是嗎？」林先生挺直腰桿，一臉嚴肅：「那你來幹什麼？」

「他把禮服從百貨公司送來給家輝。他現在心情好多了，應該不會影響出場。」珍妮再次替俊明回答。

俊明的背心胸前繡上了百貨公司字號，林先生細看後像恍然大悟：「原來你是我朋友的伙記，你老闆答應我傍晚一定送到，果然不改他家族幾十年做生意的作風，說話算話。」

「Dr. Lam，」俊明說：「衣服已經送到，那我先走了。」

俊明轉頭向珍妮說：「祝你演出成功。」

「等一下，」林先生從身後說：「你想看珍妮的演奏嗎？不是我做父親的誇大，她的鋼琴挺出色呢。」

「我沒有門票。」俊明說。

「沒關係，我送你一張貴賓票，不單只今晚，拿這張票整個樂季可以免費在票房換領門票，你盡可挑你喜歡的看。」

他從口袋搜出了一張印刷精美的紙片塞進俊明手裡。

俊明看著手裡印刷精美的卡片，上面印著設計秀麗的英文字和圖樣，一時不知道怎樣回應。雖然俊明從未成為這些音樂會的座上客，但也聽聞門票並不便宜，這張季票並不是一般像他這樣的中學生可以輕易負擔得起的東西。

「這太貴重了，我不知道應不應該接受。」俊明說。

「票的價錢不算什麼，聽說你很喜歡音樂，所以我想讓你開開眼界。一旦你接觸過欣賞精細和嚴謹的音樂藝術，自然會明白那些所謂流行曲其實沒有什麼意思。」

俊明突然覺得手上這張貴賓票好像變得愈來愈沉重，手心開始冒汗。

「Dr. Lam，對不起。」他把票遞回給林先生，說：「如果你送我這票是抱有這希望的話，我不能接受你的厚禮。」

「為什麼？我說過送給你，不用付錢。」他有點驚訝，沒有伸手收回那張票。

「不是這意思，喜愛音樂對我而言是一種不用設限的自由，我沒有接受某一種音樂便要排除另一些的想法。我心領你的好意，不過不能接受你這張票。」

「我這是為你好，年輕人。」林先生語氣仍很和藹：「你真的不要？想清楚了嗎？」

「多謝。」俊明再次把票遞向他。

林先生接過門票放回口袋，收起了臉上的微笑。

「你今天送衣服來辛苦了，我有份籌辦今晚的音樂會，算是多謝你吧。」他從口袋搜出些東西，霍然遞向俊明。

昏暗燈光下，仍然可以辨認是張紅色的鈔票。

俊明一時想不到可以說什麼，只覺得有些事情像很不對，他本能搖動兩手，沒有接過來。

「Dr. Lam，我的工作不收小費。」我再加上一句：「公司沒有這規矩。」

林先生挺直的手沒有收回的意思。

「你打工那間百貨公司的大老闆，是我中學的老友，他親口答應我派人送衣服來。我給你Tips，他肯定不會介意。」

俊明搖頭。

「爹哋，你在做什麼？」珍妮努力壓低她激動的聲音：「我不是對你講過，他是我的朋友嗎？」

「他今天是在打工，不是嗎？我對他的服務表示滿意，難道有什麼不妥？」林先生對俊明點點頭，像要他認同。

「請你收回吧。」俊明說：「我工作完成應該走了，留下怕會影響珍妮的演出。」

「拿去。」他沒有放過俊明的意思：「你真的不想要嗎？」

俊明再次搖頭。

「爹哋，請你不要這樣子，好嗎？」

珍妮懇求著，但似乎打不破這空氣中的僵持。

身後的鐵門再一次「啊」的打開。

「珍妮，原來你在這裡……」剛才頭戴耳機在舞台上發號施令的大鬍子衝出來，頓時停下腳步。

「Dr. Lam，不好意思打擾你們……」大鬍子仍在喘氣，緊張地指了指珍妮，再點點手上腕錶。

珍妮低下頭，轉身快步走進返回後台的大門，大鬍子緊跟她身後。

林先生把鈔票放回口袋，目光比剛才冷漠多了。

「年輕人，你知道嗎？很久沒有人對我說『不』了，」俊明聽到他說：「一天之內對我說兩次，實在少有。」

「再見，Dr. Lam。」俊明說完急步走出小花園，他感到心裡有種迫切的焦慮在催促他趕緊離開。

*****

小息的時候課室裡有十個八個同學留在座位上，靜靜看書或是下筆如飛地抄寫筆記，俊明也在溫習以前上課老師講過的內容，準備不到兩週便來臨的大考，傑也難得一見翻動教科書。

「我只求合格，剛剛好完成這年的中六便心滿意足，升大學的公開考試留給你們拼命吧。」傑曾經說過。

突然有人坐在後面拍拍俊明的肩膀。

「你現在玩得 OK 嗎？我指夾 Band。」傑問。

俊明點頭，但其實不太明白他的問題。

「玩 Bass 又同時主唱，你還好嗎？」

「尚算可以吧……」他終於可以吐露一下心聲：「但有時眼要看手指按弦的位置，唱歌又要面向話筒，令我唱的時候分神。」

「我也留意到你的困難，特別是在彈奏『花款』的位，眼睛要看才會按得準，對嗎？」

「這問題一直存在，但只得我們三個人，沒有其他辦法了。」俊明說。

「我有個想法：你玩結他的部分，仍然主唱，Bass 由目仔玩。」傑說：「你介意嗎？」

俊明想了想，說：「本來我就習慣抱著結他自彈自唱，沒有

什麼問題，不過功夫應該沒有彼得的主音結他的水準。目仔怎麼樣想呢？」

「他這方面我去問，我估計他應該沒有所謂。」傑自信地說：「他的音樂感還不錯，學東西挺快上手。」

就這樣，傑要俊明做準備，週末上 Band 房練習的時候嘗試調換位置。

「儘管這樣我會輕鬆不少，但我們三個人好像單薄了些？而且主音結他的 Solo 我也不太熟。」

「我明白，」傑說：「不過我們開始不是也只有三個人嗎？」

「有彼得和珍妮的時候，大家玩得更好。」

「我同意。」傑嘆口氣，說：「我也不希望弄成今天這樣子。」

「我是說……」俊明始終鼓起勇氣說：「你會不會找彼得，叫他再一起合作？」

「我不知道。」傑說：「就算我找他，他也不一定理會。」

他突然問：「那你聯絡上珍妮嗎？她會不會回來夾 Band ？」

俊明把那晚在大會堂碰上珍妮和她爹哋的事情告訴了傑。

「那恐怕很難了。」傑又嘆了一口氣，說：「你沒有收下那小費有點難明，反正你完成工作，為什麼不要呢？做老細的最討厭別人不聽話，他會更不高興你。」

「我沒有想過他會不會高興。」俊明白了他一眼：「我不會這麼貪錢，公司也沒有收小費的做法。而且我總覺得有點不對勁，他給小費好像另有原因。」

傑點點頭，說：「聽來好像是有些……」

「有些什麼呢？」

傑搖搖頭，沒有說話。

「如果換是你，你會收小費嗎？」今次俊明把問題拋給傑。

「不知道，我從來未收過小費。」他說：「也許會，也許不會。」

*****

這個週末練習時俊明和目仔交換樂器，俊明將之前買來的 Rickenbacker 低音電結他交給目仔，而他把自己的 Fender Telecaster 電結他給俊明，在樂隊的位置也就此對掉。

「這是我的愛人，請你好好對待。」目仔兩手合十，聲音充滿感情。

「我答應你。」我說：「也請你善待我那支古董精品。」

傑走出房間抽煙，目仔走過來問俊明：「你最近看見珍妮嗎？」

「沒有。」

「我上星期碰見她。」

「在那兒？」俊明有點意外。

「我不知道應不應該跟你說，」目仔說：「我平日不時在 Benny 叔叔的樂室幫忙，有次看見她和 Mike 的一隊人在練歌。」

「不會吧！」俊明幾乎叫出聲。

「我知道你聽到會很突然，但我真的看到她。」目仔舉起右手像宣誓：「如果騙你，我不得好死。」

「怎麼可能呢？」一陣說不出的難過湧上俊明心頭。

「我不知道。」目仔搖頭說：「你要問她了。」

俊明借助目仔打探消息，知道 Mike 下次訂 Benny 叔叔樂室練習的時間。目仔和上面的人熟，帶俊明上去沒有問題，反正幾間有專業樂器和設備的 Band 房都訂滿了，這個傍晚樂室人來人往，到處充斥著音樂的聲浪。

最大的 Band 房門上有個小窗，兩個相信也是來練習的年輕人頭碰頭般在窗外看。

「這裡很少這樣好看的小妞出現，彈琴也很棒呢！」一個頭髮染成紫色的回過頭說。

「她身材還很惹火呢！」旁邊一個滿身香煙味道的男孩和應說，俊明忽然感到一陣說不出的厭惡，努力壓抑著跑上前把這傢伙揍一頓的衝動。

俊明從門上的圓窗看進去，在光暗交集的射燈下僅能分辨出在 Mike 旁邊，一個長髮迷你裙、黑色皮靴的濃妝女孩，在電子琴前彈奏和唱歌。

她看來不像是珍妮，她和俊明夾的時候，偶爾有和音唱一兩句，但他們從來沒有聽過她主唱。

這女孩聲音甜美，但不是很嬌俏蜜糖兒那種，而是醇厚悅耳、充滿真摯的聲音。

這是一首俊明未聽過的歌曲，中文的歌詞，在主要玩西方流行音樂的樂室幾乎極罕見。

「這是什麼老歌嘛？唱中文的呢！不是國語時代曲吧？」紫色頭髮不以為然地說。

「不，這是廣東話，但又不像是我媽聽的陳寶珠、蕭芳芳那些歌。」他的同伴回應著。

珍妮的歌還未結尾，兩人在「不知道唱什麼古怪東西」的抱怨中走開，留下小窗前的空位正好讓俊明看個清楚。

他想：這不是珍妮還會是誰？

她在台上的電子琴前彈奏和主唱，Mike 站在台下，雙眼仰看裝了串串射燈的天花板，手倒拿著話筒在搖晃，樣子一派無聊。隊裡的其他成員包括鼓手、電結他及低音結他手，都在努力看面前樂譜架上的紙張彈奏。儘管他們挺忠實地嘗試和應珍妮的歌曲，但卻在交換不耐煩的神色。

歌唱完了，Mike 拍手送出了幾下欠缺熱情的掌聲，又不停地搖頭。俊明聽到房間裡另有一陣比較像樣的鼓掌，才發覺貝麗原來坐在小舞台靠邊的暗角。

Mike 和他的隊友像在七嘴八舌地議論，珍妮只是呆呆坐著，臉上看不見以前和俊明他們一曲完畢後帶著釋然和喜悅的笑容。

Mike 走到小舞台上的中央，攤開雙手滔滔不絕發表意見，想說話的貝麗站起來也被他打斷了。

珍妮緊閉雙唇，頭垂得更低。突然她像甦醒的木偶猛地站起來，抽起大布袋掛在肩上，一言不發地走出房間，猛地打開的房門幾乎把俊明推倒。

「對不起，撞倒你了……」她正想說下去時，卻發門外的「陌生人」原來是俊明，一臉歉意立即變成無比的驚訝。

「俊明……」珍妮未來得及說下去，貝麗已追出來把她拉住。

「Mike 不是說你的歌很差勁，他只是聽不慣，不懂欣賞而已。」貝麗沒有理會俊明，只是一派肯定的語氣對珍妮說：「我非常喜歡你的歌，不用理會他們說什麼。」

「算了，你們不喜歡，我也不唱了。」珍妮低下頭說。

「你怎麼會在這裡？」貝麗的眼神帶著猜疑。

「我來找她。」俊明指指珍妮。她低下頭，打量自己緊握著的雙手。

「她今天沒空，我們要走了。」她一把拉開珍妮走出門口。

俊明緊跟著後面，把正要合上的電梯門擋住。

「珍妮，我很想和你講句話，不會耽誤很久。」他幾乎在懇求。

「你不要再騷擾她，我要警告你……」貝麗擋在中間，她伸出的食指快點到俊明的臉。

「不要這樣。」珍妮把貝麗的手拉下，對她說：「你留在這裡等 Mike 會出來找你。我想在樓下冷靜一下，好嗎？」

「什麼？你不是不想……」貝麗有些錯愕，但隨即點頭像同意了。

珍妮猛按往地下大堂的按鈕，在門關上之前，忽然一手把貝麗推了出去，將俊明拉進電梯。

除了積滿塵垢的抽氣扇發出的噪音外，電梯裡只有一片僵持的沉默。珍妮終於抬起頭看了看俊明，但沒有說話。

樓下旁邊是條叫樂道的小街，在俊明常去的辰衝書店不遠處，有間挺清靜的冰室。

「是不是傑他們叫你來找我？」珍妮一坐下便問。

「沒有，是我自己想找你。」對她這個問題，俊明感到有些奇怪。

「真的？」

「真的。」

「你有話就快點說吧，」她嘆了一口氣，攪動面前的凍檸水，深色眼蓋下的一雙眼睛在閃動。

「我……其實也沒有什麼特別的事情要告訴你，只是心中有個問題想不到答案。」

她看著俊明，沒有說話，等他繼續。

「你和 Mike 他們夾 Band，但不再找我們。」俊明鼓起勇氣但又不想質問她：「我想知道為什麼。」

她呷飲了一口飲料，眼看窗外的街道。

「你說你爹哋給你很大壓力，如果你不再夾 Band，我會很理解。現在你去夾 Band，但跑去跟別人的一隊玩，我不明白。」

珍妮想了好一會，說：「我決心繼續玩下去，爹哋不理解、不接受，我會跟他講，但不是現在。還有我沒有放棄你們，和你們夾 Band 我非常開心，其他人沒法比較。沒有找你，走去跟 Mike 他們一起是有別的原因。」

「是貝麗迫你嗎？」

「不，和她沒有關係，今次是我叫她找 Mike。」

「這是怎麼回事？」珍妮的話讓俊明弄糊塗了。

「我想作曲，但寫出來需要有樂隊一起合作的那種，所以我找 Mike 他們幫手。」

「我和傑、彼得、目仔也是樂隊，為什麼你不找我們，是不是嫌棄我們水平低，配不上你的專業水平？」俊明有點控制不住。

「這和你們水平高低沒有關係，請千萬不要這樣想，況且我的歌也不複雜，和你們夾絕對不會比跟 Mike 他們差，而且至少會開心許多。」珍妮按著俊明在桌上的手，顯得有些緊張。

「那麼請你坦白說為什麼不找我們？」他感到她手掌的溫暖，但心頭的激動並沒有緩和。

「我絕對不是嫌棄你們，是為了別的原因才沒有找你，千萬不要誤會我。」珍妮眼睛濕潤，把手收回幽幽地說。

「算了，我不想再過問你的事情。」俊明站了起來，把茶錢放在桌上。

「你不要這樣子，好嗎？」珍妮也站了起來，緊張地說。

「原來你在這裡，我們到處找你呢！」身後傳來貝麗的聲音。她剛推開冰室的玻璃門進來，Mike 跟在她後面。

「你的隊友來了。」俊明盡量平淡地說：「我們有機會再見吧。」

俊明沒有理會珍妮在身後說的話，也不去看貝麗和 Mike 的臉，這刻他什麼也看不到、聽不見。

＊＊＊＊＊

跟著的兩個星期俊明如常在週末下午和傑、目仔上旺角的 Band 房練習，他們都不再提起珍妮和彼得，儘管俊明相信大家都沒有忘記樂隊五個人一起的時光。有時不知誰甚至不在意，把主音結他或鍵盤部分空了出來，才猛然醒覺負責玩奏這一段的彼得或珍妮已經不在，只好苦笑停下來，跳過去再繼續。

管賬收錢的換了個長髮男孩，說貝麗家裡有事不能上班，由他暫代。俊明沒有興趣見到貝麗，免得讓他想起珍妮。

星期五宏基晚上打電話到俊明家，講了些很客套的問候說話，然後問他最近有沒有見過珍妮。俊明沒有隱瞞曾經碰見過她，宏基也沒有再追問，只是掛斷之前問俊明在百貨公司兼職的情況，他也照樣如實告知。俊明記憶中宏基只曾經有一、兩次打電話來，都是臨時更改上結他課時間之類的簡單事情，收線後俊明有點怪怪的感覺。

⚡ 貨倉裡的 VIP 人客

這個星期日百貨公司照樣人客多多，部長和所有人都忙得透不過氣，聽見打鐘便匆匆吃飯，原本的休息時間也省下，剛吃完便跑出來繼續工作。俊明雖然是兼職員工，但也感到是這個隊伍的一份子，跟隨大家一起招呼人客、入倉拿貨，帶人客試身、打單收錢等，忙得團團轉。香港七十年代經濟開始上軌道，生活用品的需求愈來愈大，俊明兼職做售貨員已有一年，也感受到顧客的消費愈來愈旺盛，至少在油麻地這間老字號的百貨公司男裝部門生意不壞，部長幾乎每星期日和公眾假期都找他開工。俊明當然樂得有比較穩定的工資收入，作為買書本雜誌的開支，攢下零用和小吃的金錢存起來，付清那支交給目仔用的舊低音電結他。

晚飯時間店面的顧客人潮逐漸疏落，部長叫俊明入倉收拾一下剛才來不及收起的貨，按尺碼貨號放回應有位置，下次找的時候才不會費事。

當他正在一個人埋頭把連膠袋包裝的羊毛衣整理成左一堆、右一堆的時候，部長忽然在貨倉出現。

「經理帶了位 VIP 人客來男裝部。」張部長臉色看來挺嚴肅，經理這麼晚走下來巡視，他從來沒有遇過。

部長說：「經理說，這位人客要找你。」

「有人客找我，搞錯了吧？」但俊明心裡一震，立即想到會不會剛才弄錯了款式給人客，或是找少了錢的投訴，這些不時都有發生，但一般都不會由經理親自帶人客處理這些投訴，而且部長很有辦法應付類似的麻煩，避免手下承受人客發洩時的怨言惡相。

「他說你也認識這位人客。」部長說：「經理想讓你和他談一會，我看倉裡面清靜些，你沒有問題吧？」

俊明腦子浮現了一堆問題，還未來得問部長，他人已出了貨倉。門外隨即進來一位衣著莊重的男士。

「Dr. Lam，你好。」俊明吸了一口氣。

林先生向門外的經理道謝，倉門跟著輕輕關上。俊明感到這裡忽地像個密封的冷藏庫，耳朵聽見冷氣管傳來的風聲。

「俊明，你好嗎？」林先生語氣和善，跟上次在大會堂分手時很不一樣。

「我在開工。」俊明說。

「我知道。」他將一根把手像鷹嘴的手杖靠在紙箱旁，整理一下圍在脖子上的褐色圖案絲巾：「所以我來這裡找你。」

俊明沒有想過他會在這裡出現，此刻不知道怎樣回應。

「你的大老闆叫你們的經理招呼我，我說找你是路過的私人探訪。」他似乎很有信心看透俊明的心事，拍拍他的肩膀，微笑說：「不會影響你在這兒的工作，你不用擔心。」

林先生的話沒有令俊明輕鬆下來，俊明只是沉默看著他。

「我不想浪費寶貴的時間。」他回復嚴肅：「請你告訴我珍妮在哪裡？」

「Dr. Lam，我不明白你問什麼？」俊明以為聽錯了。

「我想知道在哪裡可以找到珍妮，她離開了我們好幾天，應該回家了。」他補上一句：「我和林太都很擔心。」

俊明腦子裡突然像被一片空白佔據，然後是個大問號。珍妮怎可能離開她鍾愛的家呢？

「我不知道她離開了家，」俊明不知道多久才定下神，勉強講完這句話：「我也不知道她在哪裡……」

一時間貨倉裡只聽見冷氣風管傳來的低鳴。

「你最近不是見過珍妮嗎？她怎樣了？」林先生迫視的眼神讓俊明呼吸短促。

「我上星期碰見她，只談了兩句，她看來沒有什麼不妥，也沒有說她的近況怎樣。」俊明回答，但連隨想起她的神情好像有點異樣。

「你不知道她已經……不住在家裡嗎？」

「不知道。」

「我只能告訴學校的 Sisters 她累壞病了，請了假，但這絕對不能繼續下去。我太太從珍妮的同學身上也探聽不到什麼。」

林先生在貨架行列中央的狹窄空間來回踱步，響亮的腳步聲在俊明耳邊迴響。

「我們從頭開始談起吧，免得我忽略了什麼。」他問：「你當初為什麼找珍妮？目的是什麼？」

「我們樂隊想找人玩鍵盤、電子琴，宏基介紹她彈琴很棒，所以我便問她有沒有興趣。」俊明據實回答。

「這些我知道，」他不耐煩地搖手，打斷俊明的話：「就這個理由？沒有其他？」

「那應該還有什麼原因呢？」

「這可要問你了。」林先生迫視俊明的雙眼充滿疑惑：「之後她對你說過不想玩下去，對嗎？」

「是。」

「為什麼你不放過她？」林先生停下腳步，迫視著俊明。

「我只希望她考慮繼續合作下去，沒有強迫的意思。」俊明說：「她的音樂水平很高，教曉了我們許多東西。她加入之後，我們整隊人的音樂玩得更好，也更開心。」

林先生繼續來回踱步，手放背後沉思好一會。

「珍妮自小很乖，很聽話，」他說：「現在弄成這樣，你知不知道製造了很大的麻煩？」

「我知道你們反對她夾 Band，她承受很大壓力。」俊明說：「我算是自私，很抱歉。」

「我說的不只夾 Band 這件事，還有是你的問題。」他手指著俊明。

「大會堂演出回家之後，她說我沒有尊重她的朋友，也不尊重她。」林先生的語調有點急促，手指自己說：「那晚她還頂撞我，這從來沒有發生過。」

這指責令俊明很意外，他從來沒有想過珍妮會跟她一向敬畏的父親衝突。

而且聽起來是為了他。

「你不肯放開珍妮，是想做她的男朋友嗎？」林先生又指著俊明：「你們算是什麼樂隊？到底是怎麼回事？」

「不，我沒有……」俊明像努力擺脫一個莫須有的罪名。

「那為什麼她會這樣？」

「我不知道。」俊明只能擠出這句話：「因為我而造成你們不和，我很抱歉。」

俊明感覺到很深的歉意，不過是為了珍妮，並不是為了眼前

在迫問他的男士。

「好，我暫時相信你。」林先生嘆了口氣，但仍然像在審問罪犯：「你知道她離開了這個家庭會失去什麼？在外頭又會碰上什麼呢？」

「珍妮沒有什麼事吧？」俊明只想問這句話。

「她媽咪接過她的電話，她沒有多講，只說有地方住，叫我們不要擔心，其他什麼都不肯說。」

俊明腦子還沒安定下來，拚命想脫離那一片空白。

「對於珍妮的將來，我們作為父母已經有全盤準備，她會去外國讀世界頂尖的大學，之後成為社會精英，開展美好的人生。現在我和珍妮媽咪都非常失望，亦為她擔心。」林先生眉頭深鎖，一臉凝重。

他聽得最清楚的是「擔心」這兩個字。在這之前，俊明似乎從來沒有為誰認真擔心過，但這刻對於珍妮，他心頭感到這份像磐石般的下墜力量。

「你們一起夾 Band，瞞著我玩玩也就算了。年輕人總有些反叛，我不想計較。」他說：「但是，如果珍妮不顧一切跟你們這樣下去，她將來會怎樣呢？你們又憑什麼改變珍妮的一生？」

面對這串沉重的問題，俊明不禁呆著，腦子被矇矓的空白佔滿。

林先生忽然語氣一轉，手按俊明的肩膀說：「你願意幫忙，讓她回家嗎？」

俊明出於本能點頭。

「過了這個長假期，珍妮一定要回家，也一定要返回學校上課。我相信她可能會聽你的話，你願意去找她，勸她回心轉意嗎？」林先生轉換了像慈父般的語氣。

「我想你告訴她：鋼琴已搬了回家，我不會干預她玩音樂。這段時間我一句也不會過問，就當什麼也沒發生過，只要她回家。」

俊明再點頭。

「好，我們就倚仗你挽救珍妮了。」他從口袋拿出一張名片遞給俊明：「上面有我辦公室的電話。」

名片用精美的中英文字樣印刷，是在港島中區的一所律師樓。俊明抬起頭來的時候，貨倉的門已打開，這裡只剩下他一個人，靠在紙箱旁的鷹嘴手杖也不在了。

♪ 微笑的女士

以前俊明透過宏基找珍妮，不過今天卻倒轉過來。早上他打電話給俊明，說有關珍妮的事情，要俊明來他的琴行。

「有個人想見你。」宏基帶俊明出琴行門口，在馬路旁站著。俊明想告訴宏基有關林先生找過他，但是還未及開口，一輛黑色大房車停在他們旁邊，穿制服戴帽子的司機下車，打開了後座的車門。

俊明朝車內看，杏色皮座椅上是個穿深藍色套裝的女士，微笑向他招手，示意她身旁的座位。

「她是珍妮的媽咪，也就是我 Auntie。」宏基和她匆匆打了招呼，對俊明說：「她想找你談談，你可以上車和她聊兩句嗎？」

俊明有點愕然，他認得她就是那位帶珍妮來鞋部像球賽裁判的太太。

「她想和你談些關於珍妮的事，然後送你回家。」宏基補上一句：「她人很友善，你不用擔心。」

「我不知道可以說些什麼。」俊明還是猶豫。

「你知道什麼隨你說，不知便說不知道。」他雙手合十，半推半請把俊明送了上車：「拜託，幫幫忙，她老說想找你，我再也推卻不了。」

車門關上的聲音很沉重，像是大宅的深鎖重門。車廂內非常寧靜，察覺不到車子已開在路上。

「我是珍妮的媽媽，我們見過面，你記得嗎？」她微微欠身輕柔地和俊明握手，頸上一串白珠鏈微微晃動。她今天的聲線柔

和，臉上始終保持似乎很自若的微笑，令人心情很容易放鬆下來，俊明這刻想起小學時一位教中文的女老師，在說話之間總會給學生們感到心安的笑容。

車廂裡好一陣沉默，俊明感到莫名的緊張，腦子開始再次浮現空白。

「宏基說你是珍妮的朋友，對嗎？」她終於提出問題。

俊明點頭，腦子反覆想她口中「朋友」的意思。

司機在交通燈停下，轉過頭很有禮貌地問了俊明的地址。

「這地方並不遠，路上有點塞車，不過也用不了半小時。」他戴了白手套的手指指前面，像在做報告。

「珍妮最近有跟你聯絡嗎？」她說話的時候，兩手緊握著膝上的黑皮手袋。

「沒有。」俊明搖頭。

她輕輕嘆氣，說：「我先生找過你之後，你有珍妮的消息嗎？」

前兩天俊明往旺角的樂室找貝麗，因為他相信她可能知道珍妮的一些情況，但她病了沒上班，仍然是那個長髮青年做替工。

「我沒有珍妮的消息。」他忽然覺得簡單直接的回答，才能免卻別人的猜疑。

「她離家已很久，我很擔心，你明白嗎？」

「我會努力去找她，告訴她你們掛念她，等她回家。」俊明不知道這樣說會否讓她好過一點，但他決心找珍妮倒是不假。

「你認為她會聽你的話嗎？」林太收起了微笑，忽然嚴肅起來。

「我不知道。」俊明說：「她一向很講道理，比我還更講理。」

「是嗎？」林太露出瞬間的苦笑：「如果那天她和她爹哋都講道理，沒有那麼激動吵起來，就太好了。你知道他們為什麼吵起來嗎？」

「知道一點吧。」我說：「Dr. Lam 說與我有關。」

「不錯，你是原因之一，不過還有其他。」她說：「總之他非常擔心珍妮，講話可能會重了些。」

「我對他說過我很抱歉。」

「是嗎？你覺得你做錯了嗎？」

「不，我並不覺得有什麼過錯，只不過珍妮的問題相信是由我而起，Dr. Lam 也只會怪我吧？」俊明說。

「他以為你利用她喜歡音樂來接近她，想把她追到手。」

俊明只能搖搖頭。

「上星期有個年輕人送一束花上門，說要見珍妮。工人看他一頭長髮，衣著不像正經人，把他擋了回去。」

聽到這事俊明感到愕然，這會是誰呢？

「林先生和我聽說這事的時候嚇壞了，他非常擔心，可以說寢食不安，怕珍妮和不知什麼人混在一起。」林太嚴肅地問：「這和你無關吧？」

「我沒有這樣做，也沒有想過送花給珍妮。」俊明堅決搖頭。

「我相信你。」她像有些釋然：「不過事情令我先生很憂心。」

如果林先生懷疑俊明的話，在貨倉談話的時候可以問他，但他完全沒有提起，似乎這案子已經判決，用不著再提起。俊明感到一種無法辯解的悲哀。

「我先生做事一向很認真，從我在英國讀書認識他時已是這樣，總是勤奮不休，堅持達到目標。他對你沒有惡意，只是他非常重視女兒的將來，希望你明白。」林太說。

「他是個很厲害的律師吧？」俊明想起他的名片，聯想到電影和電視劇裡詞鋒銳利、氣勢迫人的角色。

「不一定吧。」她露出嫣然的微笑，說：「我也是個律師，雖然已不再執業，你覺得我人也很厲害嗎？」

「你好像跟他不一樣。」他說。

「是嗎？」又是得體的微笑。

她轉過身來看著俊明，輕按著他放在膝上的手，說：「如果你見到珍妮，你對她說我明白她的心情，只要她早日回家，我做媽咪的會替她想辦法，不要擔心。你會告訴她嗎？」

「我會，但我不知道她人在哪裡？」俊明說。

「你會找到珍妮，她會願意聽你的話。」林太輕拍他的手，說：「我的女兒不隨便相信別人，我相信她的眼光。我只希望見到她回家，你明白嗎？」

俊明點頭，但立即感覺到似乎又許下了不知道能否履行的承諾。

「林太，到了。」司機把車子停在彌敦道路邊。

「旺角這裡很熱鬧，不過也太熱鬧了些。」林太搖下小半車窗，仰看林立四周密不透風的大廈輕嘆，像個在非洲叢林的觀光遊客：「你家在附近嗎？」

「我就住在對面樓上。」俊明指指一家餐廳的樓上。

「再見。」林太輕拍他的手，說：「謝謝你。」

她的座駕很快在像流水不斷的車群中消失。

下了車之後好一陣子，一種說不出的迷惘像濃霧般籠罩著俊明，幾乎連家門外的入口也辨認不出來。

珍妮和她爹哋，現在是林太，一切都像虛幻又那樣地真實。十多年人生沒有碰到過的人和事，忽然間都出現在面前，短短的日子裡累積了一大堆他不懂怎麼樣擔心的煩惱。俊明糾纏在這團複雜交錯的問題裡難以脫身，像個原本與世無爭的人忽地發現自己穿上一身囚衣，背負了一串不明所以的控罪和判決。

⚡ 樂與怒風雨路

百貨公司男裝部不少同事放假，為補充人手，部長找俊明做幾天下午到晚上的臨時工。這天他趁上班之前去找貝麗，希望問些珍妮的消息。

週日下午很少人來租房練習，兩個較大的房間燈也沒亮，貝麗坐在櫃台後面修飾指甲。

「你來幹什麼？」她臉上的愕然神色不超過一秒鐘。

「找你。」

「找我？」她塗了深色眼蓋的眼睛瞪得大大：「幹嗎？」

「我想找珍妮，相信你會知道她在那裡。」

貝麗低頭專注她的指甲，手上的銼刀指指走廊末端最小的Band 房，也就是俊明們平日租用的那一間。

「今天算你走運了。」她輕聲說。

房外聽見陣陣電鋼琴音，俊明吸了一口氣，推門進去。

坐在台上一堆鍵盤樂器後面的珍妮，白皙的臉龐藏在一頭金黃的長長鬈髮裡面，戴著一個圓圓的太陽眼鏡。她用力彈奏幾個重重的和弦，霍然停下。

「我知道遲早會再見到你。」珍妮合上琴譜。

「你爹哋媽咪找過我。」

「是嗎？」她沒有一點兒意外。

「他們想你回家。」這句話是俊明答應肩負的任務，像急不及待放下重擔：「Dr. Lam 說你的鋼琴已搬了回家，他不會干預你玩音樂。」

珍妮露出一瞬冷冷的笑容。

「你媽咪說她會幫你解決困難，希望早日看見你。」俊明忠誠地完成了使命。

「他們還對你講了什麼嗎？」

「你爹哋說，就當什麼也沒發生過。」

「他這算是原諒我嗎？」她噘著嘴說。

「我不知道，也許……」他直覺地說：「也可以說想你也原諒他吧？」

「我搞不清其實是誰不對。」她在嘆氣：「如果我爹哋不是獨斷獨行把我的鋼琴搬走，說從此不准我玩音樂，我也不會跟他吵起來。」

「我不能讓我的音樂就這樣死掉。」珍妮像是自言自語。

俊明回憶起小學一年級不做功課，整天和鄰居的小孩們玩公仔紙，並用來當遊戲輸贏的賭注。母親發現後把他關在房裡，裝滿兩個月餅盒的公仔紙都當作垃圾丟掉。俊明哭了一天，恢復「自由」之後，發掘了其他好玩的事情，繼續過他覺得有趣的童年歲月，但之後他沒再碰公仔紙了。

林先生的心情，是否也像這樣？公仔紙和音樂又是不是同樣的東西？俊明在想。

「他又說，你離開家和我也有關係。是不是我做錯了什麼？」這其實是俊明最想知道的事情。

珍妮除下了太陽眼鏡放在琴鍵上，閉上雙眼，說：「也許不是你的錯。」

「也許。」她重複。

「你現在住哪裡？安全嗎？」他問：「會不會很『雜』？」

「不算雜，至少很安靜。」她說：「沒有人整天要我這樣、不許那樣。」

「我可以來看看你嗎？」俊明這個問題衝口而出。

「什麼？」珍妮好像看到怪物般訝異，跟著臉上泛起了笑容：「你為什麼要來看我？」

「沒有什麼理由，其實也不一定要……」他忽然感到不好意思。

「我住的是貝麗嫲嫲的地方，不知道她想不想你來。」珍妮微指門口外面，說：「貝麗其實心腸很好，幫了我很多忙，只不過……」

「不過什麼？」

「她跟 Mike 在一起，我有點替她擔心。」

俊明一向覺得 Mike 跟他們不一樣，他好像懂得很多俊明還未曉得的東西，說的話也很動聽，但總令人感到不放心。

「我看到 Mike 在貝麗背後和其他女孩一起，但他很懂得找藉口、又懂得哄人，貝麗相信他。」

「Mike 也有哄你嗎？」

「也許有吧，我才不在乎呢。」珍妮好像很意外俊明這一問，想了一會說：「Mike 很有辦法，不容易知道他是不是在哄你。」

珍妮輕聲說：「這些事我應不應該跟貝麗談？但我怕講了怕她不高興。你認為呢？」

這個問題不易回答，但珍妮在等俊明的答覆。

「你如果真的擔心貝麗，那應該實話實說，不能不提醒她。」

「你肯定我應該講？我怕大家傷感情……」珍妮問。

「為了維繫感情但不講真話，這感情恐怕也很不實在。」他說。

珍妮似乎在細想，微微點頭。

俊明身後的門「啊」聲霍然打開，站了個十多歲身穿白色校服的男孩，後面是貝麗。

「珍妮，你的學生來了。」貝麗說。

「不好意思，沒來過這裡，剛才找錯了地方，」男孩放下書包在門邊地上，一邊環視這樂室的房間：「這裡可以夾 Band，是嗎？」

「今天你是學蕭邦的東西，不是來夾 Band。」珍妮向他招招手，示意身旁一副 Roland 電子琴和坐椅。男孩捧著兩本琴譜跑上去，好奇地扭動電子琴多行的旋鈕。

珍妮教男孩把琴聲調整成像鋼琴的音調。

「你今天的樣子很特別呢？」男孩指指珍妮的「金髮」。

「我要排練話劇，今天試化裝。」珍妮一本正經回答。

「又會咁嘅？」似乎這答案令他奇怪。

「別問這問那了。」珍妮打開他面前的琴譜：「回家有複習琴嗎？先來一遍，快點。」

貝麗瞪著俊明說：「人家要上堂，你還賴在這裡嗎？」

「珍妮在這裡教琴嗎？」

「這裡滿屋都是樂器，不成嗎？」貝麗又是一個白眼。

珍妮抬起頭向俊明微微揮手，注意力隨即回到她的學生身上。

「你可以走了吧？珍妮沒有空，還有兩個學生快要來了呢。」貝麗一派經理人口吻，半推半送把俊明領到走廊外櫃台。

「學琴要付錢，你也不想浪費他們的時間吧？」她加了一句。

「珍妮現在還好嗎？」俊明問。

「好得不得了。」

「你怎麼知道呢？」他突然回敬她一下。

「我不知道，還有誰知道？你嗎？」貝麗不折不扣地反擊。

「你還知道些什麼？」

貝麗沉默了一會，說：「有些事和你有關，反而應該讓你知道……」

「什麼事？」俊明的好奇變成了緊張。

「你知道珍妮和他爹哋反面的原因嗎？」貝麗臉色嚴肅，幾乎是咬著牙說：「他爹哋認為你一直借找珍妮夾 Band 來追她，死纏爛打兼用心不良，說要叫他的老友、也就是你百貨公司的大老闆炒掉你，給你個教訓。」

俊明像吃了一記勾拳的拳手，腦裡一陣搖晃，茫然搖頭。

「珍妮說這太過份了，她無法接受。她在我家哭了一晚，說如果她爹哋這樣做，她怎麼說都不會回這個家。」貝麗說。

走廊傳出末尾房間內的琴聲。

「珍妮還有半小時便下課，你可以等她一會，告訴她你十分感謝她。」

「但我要去百貨公司開工。」俊明仍然無法平息腦海的翻騰，無意識地應了一句。

「什麼？」貝麗瞪著眼，似乎不相信俊明的回答。

「時間快到了。」他指指手上的腕錶。他上班從來不遲到，這對他非常重要。

「算了，你在百貨公司賣男裝又賣鞋，存夠錢可以買你的Bass，對嗎？」貝麗沒好氣低下頭，疊好抽屜裡散亂的鈔票：「不送了。」

「你怎麼知道？」俊明問。

「你猜猜我怎麼知道吧！」她擺擺手像在趕開在身旁亂飛的蒼蠅。

俊明這刻想到珍妮剛才話裡說的「也許」。

「我沒有他爹哋所說，對珍妮抱著那樣的想法……」俊明想為自己辯護，但一時之間不知如何說起。

「我想也是吧。」貝麗斜眼看著他：「看你這副頭腦，我不覺得你會那樣老謀深算，懂得利用別人。」

俊明含糊地向她道別。他今天終於向珍妮講了答應她父母親要對她說的話，這責任已經完結，沒有需要再留下。

「說真的，俊明，你恐怕比豬還笨。」貝麗在他身後加上一句。

俊明沒有理會貝麗的奚落，他知道貝麗為了朋友願意不惜一切，說些不好聽的說話算不了什麼，問題是自己真的做了不應該的事情嗎？他腦子一片空洞，看著大廈走廊兩旁一排排的信箱，腦裡重復細數信箱上面油漆剝落的印字，只覺得這些很像小時候住的公共屋邨水泥密林。

⚡ 天台上的臨界點

「今晚 Mike 想我們幫手做他那隊 Band 的開場，好像上次船河演出那樣，你能來嗎？」傑在電話中的聲音冷冷的。

「我們現在人不齊，能上台嗎？」俊明感到傑這要求很突然。

「Mike 說他勸服了彼得和我們復合，但條件是今晚大家都要幫他的忙，」傑補上一句：「他說珍妮也會來。」

俊明感到有些無奈，但他無法抗拒樂隊復合的吸引力。而且，他很想再看到珍妮，那怕只有一會。

「人多也好，人少也好，你是主音歌手，只能就看你了。」傑掛綫前囑咐要準時及帶樂器。

尖沙咀有好些帶表演小舞台的酒廊或西餐廳，傑提過他曾經跟朋友去流連，有時也會在相熟的樂隊演出時上台客串打鼓，對他並不陌生了。

這一家在金巴利道走進去轉兩個街口便到，舞池不小，顧客也多，有點鬧哄哄。台上有一組男女組合抱著結他彈唱，擴音器出來的溫婉歌聲，只能勉強蓋過台下的談笑和猜拳。

目仔背袋載盛著低音結他，剛進門跟俊明打個招呼，傑便急步跑過來說：「我們是下一隊。」

「這是怎麼回事？」目仔問。

傑把今晚來的理由重複一遍。

「Mike 怎會有辦法找來彼得和珍妮？」目仔不解。

俊明忽然覺得有個高大的身軀在背後。

「你們不相信我有辦法嗎？」Mike 的聲音洪亮堅定。

傑沒有答話，只是怔怔地看著 Mike。

「今晚有位老闆來看我隊 Band，我叫彼得也來表演一下身手，讓老闆認識，彼得不會放過這個機會。」Mike 充滿信心說：「今晚臨時少了一隊 Band，經理是老闆的死黨，找你們來頂上，算是幫我的忙賣個人情。」

「珍妮也來嗎？」俊明只關心這件事。

「我叫貝麗請珍妮來幫忙，她應該不會拒絕。」Mike 特別強調話裡頭的「請」字：「先此聲明：我負責令大家出現，你們當報答我，無論如何今晚好好演出一回，之後怎樣就看你們自己了。」

過了一會，彼得拿著他的結他進門。幾乎就在他身後，珍妮也在貝麗帶領下來了。

Mike 跑上去招呼彼得和珍妮，一手拉著一個，來到俊明、傑及目仔這邊。

「你們要找的人都來了，我交了功課，拜託大家來點勁，不要死氣沉沉的樣子。你們要守信用啊！」Mike 手指台上，隨即轉身跑開。

在表演的一對男女組合謝幕，在疏落的掌聲中退下。台下的顧客比剛才多了些，男男女女談笑和猜拳更熱鬧，沒有幾個人留意到演唱結束。

西裝筆挺的餐廳經理走過來，催促他們準備。

Mike 箭步跑上台拿起話筒，音色洪亮地宣佈他的樂隊即將演出，再介紹俊明他們是頭陣隊伍，引來一陣還不太冷清的掌聲。

俊明他們各自上台，找到自己的位置掛上樂器調音。彼得走

在最後，一言不發掛上他的電結他。珍妮坐在一堆鍵盤前面，用電子琴發出幾個基準音符，大家低頭調音，傑坐在鼓陣裡似是試音又似是無聊地胡亂敲打著。

過了一段好像沒有盡頭的幾分鐘，台下開始傳來你一言我一語的議論聲音。俊明看身旁聚光燈照射的光影之間，傑、彼得各自在台上低頭試音，似乎除了自己，察覺不到其他人存在。珍妮閉著眼睛，戴上她那大得誇張的太陽眼鏡，雙手放膝上端坐著，眉頭深鎖像在深思中掙扎。目仔呆呆地看著俊明，攤開雙手一臉茫然。

遠處酒吧 Mike 和餐廳經理有點激動地爭論，但聽不見說什麼。Mike 跑到台前，向他們急促地擺動雙臂，像在催趕一群擋在路上不動的綿羊，然後回到他剛才和兩個像商人的中年男子佔據的桌子。俊明留意到 Mike 手攬身旁一個剛剛坐下的衣著艷麗女孩，不斷在她耳邊喁喁細語，但這女孩頭抬得高高的，神情自若地左顧右盼，手上拿著細長的香檳酒杯，自顧自呷飲著。

台下此起彼落地傳出不客氣的說話，經理跑到一桌桌顧客前面欠身道歉。俊明感到以前把他們幾個年輕人緊緊扣在一起的音符，已經無法再發揮神奇的作用，此刻將是他們最後一次站在演出的台上。勉強撮成的所謂復合，恐怕會變成一次難堪的痛苦告別。

俊明轉頭看珍妮，卻發現她已經把太陽眼鏡除下不再閉目，並且徐徐脫下染成金黃的長假髮，以溫柔而帶著期待的眼神注視著他，而且展露了一絲微笑，似是耐心地等待著什麼。

俊明這刻像感受到一般說不出的力量，讓他重新環視四周。

俊明看著傑，跟著是彼得、目仔，他們雖然手仍在無意識地撥弄音弦或敲敲打打，但其實他們的目光都像接受了邀請般，和俊明在交流著。

俊明仿彿聽到珍妮說過的一句話：別讓音樂就這樣死掉。就這樣，他的結他撥出了一個和弦，是 *It Never Rains in Southern California* 的開首，這曲子也是他們第一次夾 Band 時試玩的樂曲之一，簡單易玩，歌詞講的是一個到加州尋夢的年輕人，在失意滯運中掙扎的小故事。

珍妮像是心有靈犀地，在電子琴上也掃出了這個和弦。這首曲的開首，其實也是由鍵盤這一個和弦開始。

傑在鼓手座上挺直身子，向目仔、彼得揚了揚雙眉，這是他們每次開始前，他習慣的示意訊號。

目仔猛然點頭回應，兩手隨即放在他的低音結他上的起動位置。

彼得注視著傑，點了點頭。

「One-Two-Three-Four……」傑敲打雙手的鼓棍，響亮地打出了開場的節拍。

隨著珍妮電子琴的和弦，他們跟著演出了一首曾經練習過無數次、深深印在腦海無比熟悉的樂曲。

「幾乎每隊 Band 仔開始時都學玩這首歌，以後無論怎樣也不會忘記，你們也不會例外。」Benny 叔叔曾經在他們練這首歌時這樣說過。

這隻並不複雜的歌，讓他們再次感受到一起合作的喜悅。之後幾首都是他們以前閉著眼都能順利表演的歌曲，就像泉水一樣

自然地湧現，時光回到僅僅幾個月前，那時候他們仍然無憂無愁地沉醉在似夢境中的音樂片段。

接著下來一首接一首，在傑的示意下他們演出了幾首比較輕快的歌曲。俊明感覺到吸引了台下一些人的注意力，不過很難說看見有欣賞的目光，至少再沒聽到大聲投訴的說話。

「這些地方的顧客主要來消遣買醉，聽歌只是助興而已，唱慢歌很難討好。」傑剛才這樣說過。

俊明有一刻看到 Mike 在酒吧一角和貝麗在談話，兩個人的神情有異，沉默地互相對視了好一會，直到貝麗突然掩面轉身而去。這吸引了俊明的注意，但他很快提醒自己演出還未結束，不能讓別的事情分心。

終於來到最後一首的結尾，順利完成，齊起齊收，他們算是兌現了承諾，在還算不太冷淡的掌聲中卸下樂器走下台。

Mike 回到桌上和兩個中年商人滔滔不絕地說話，兩手在空中比劃，又不忘向另一邊的艷麗女孩親熱地耳語，似乎沒有留意到俊明他們已完成演出。

有個侍應手捧銀盤向正想走下小舞台的珍妮，上面放了個盛滿酒液的玻璃杯。珍妮皺著眉搖手不接受，侍應多次請珍妮接下仍不成功，無奈地站在在台邊。

台下靠前一張大桌子坐滿了男顧客，有幾個人站了起來，手指珍妮大聲講了些難聽的話。

「糟了，有麻煩。」傑低聲說

珍妮像被這突如其來的事情嚇呆了，不知所措地僵站在聚光燈下，一臉惶恐看著他們幾個隊友。

忽然一個穿迷你短裙的女孩衝上台，拿起酒一飲而盡，反手將酒杯來個底朝天，放回侍應的托盤上。

台下那一桌子大漢爆出一陣笑鬧，有人指示侍應送上來另一杯杯酒。

貝麗毫不猶豫拿起，緊閉雙眼雙眼再一口把酒飲盡。餐廳許多顧客看到這一幕跟著起哄，侍應如是送上多兩杯，貝麗像失控般一一乾了。

珍妮想阻止也來不及，只能手掩箸口驚惶地呆站著。貝麗滿臉漲紅，噘起嘴帶點飄飄然樣子，珍妮不管一切出力拖著她的的手走下台。

「你傻了嗎？這些是拔蘭地酒，你怎麼都喝乾了呢？」

「拔蘭地嗎？難怪這麼嗆喉呢！」貝麗打了個大嗝，努力挺直腰桿說：「毒藥我也不怕，這點酒算什麼？」

剛才站起來的顧客之中有個穿花襯衫白褲的中年男人，嘴裡不停說「唔算數」，步履有點不穩地走向珍妮，又指「不識抬舉」、「什麼大牌咁寸」、「不知道這是誰的地頭」等等，夾雜連串粗話，身後跟著六、七個像是他手下的年輕人，左一句右一句幫腔附和。

傑快步走上前擋在那個向珍妮指罵的男人面前，像賠不是那樣不斷欠身輕聲說話，但這樣看來並不奏效，沒法阻止這群人怒氣沖沖地一步一步湧向珍妮和貝麗。

在台上剛收起電結他的彼得想走去護著珍妮，被酒客旁邊兩個長髮青年，推開倒在地上，其他人一湧而上，把傑和身後的珍妮、貝麗圍在核心，一邊粗言指罵一邊推撞，轉眼間傑臉上吃了

一拳，貝麗也讓人打了一下耳光，珍妮低著頭舉起兩手護臉。

　　已走下表演台的俊明和目仔四目交投，知道這次怎麼也避不開了，顧不了身上背著的樂器箭步衝向人堆，大力推開已經在動手動腳的傢伙，趕緊幫忙保護兩個在害怕中尖叫著的女孩。

　　俊明在拉扯扭打的人堆裡掙扎只感到說不出的混亂，似乎總是無辦法脫離這團身上濃重酒氣和帶著嘶叫的鼻息。傑顧不了臉上、身上都挨了幾下，使勁把帶頭的花襯衫男人和他的手下推開，像為隊友們開路。俊明在拳腳交加之中本能地招架還手，也不知道誰打著誰，也不曉得糾纏了有多久，只死命拖著珍妮的手衝出人堆，越過好些在大呼小叫的顧客衝向大門。

　　傑被兩個人一左一右拉著並朝他連環揮拳，傑忙於招架，有人拿起桌上酒樽，正要向他頭上砸下去，後面彼得拿著結他當棍棒衝上來將酒樽打掉，再大力揮動幾下把這兩個傢伙趕開，拉著傑向大門這邊脫身。

　　當他們喘息之際，大門外面衝進來一批穿綠衣制服的警察，手拿警棍喝令這些仍然手拿酒樽追在他們後面的人停手，好些人立即轉身向後面逃跑。

　　趁警察注意力不在他們身上，傑示意大家在從側門悄悄溜出去。

　　餐廳外路邊停了兩架黑色警察吉普車，車頂上的藍光燈仍在閃動，照亮著外面圍觀的人群。他們走進人群之中，跑到旁邊一條橫街稍為站停喘氣，似乎這場混亂算是過去了。彼得看看手上的 Fender 結他，把手的長柄和結他身已經裂開。

　　彼得搖搖頭，無奈地擠出苦笑。

「謝謝你。」傑向彼得伸出手，兩人的手緊緊相握。

剛定下神的珍妮突然臉色大變，幾乎是喊叫地說：「貝麗呢？她在哪裡？」

彼得問目仔：「你剛才不是拖著貝麗嗎？」

「我……不知道啊，她好像讓人拉開了，沒跟我跑出來嗎？」目仔一臉愁苦地說。

「誰把她拉走，是 Mike 嗎？」我問。

「不會是他吧？」珍妮說，語氣滿是懷疑和不屑：「這群人走過來擋著我們的時候，我看見他和他的朋友起身走向門口了。」

傑示意看馬路對面，Mike 和他的幾個人客上了一部豪華房車。

「貝麗不在啊！」珍妮焦急了：「她在哪裡？不能把貝麗丟下啊！」

橫街的另一端是餐廳的後門，有幾個人跑了出來，截了一部的士。

「那不是貝麗嗎？」珍妮跳起來叫喊。

的士駛過的時候，剛好霓虹招牌燈光照進車廂，夾在後座兩個大漢中央的是一頭長鬈髮的貝麗，雙眼閉著像昏睡了般，司機旁坐著剛才帶頭找麻煩的花襯衫男人。

「怎麼警察沒有抓走這些人？」目仔問。

「他們出來混慣了，懂得怎樣一早便脫身，」傑冷冷地說。

「貝麗呢？不能讓這批人把她帶走啊！」珍妮說。

「先跟著，再看怎麼辦。」俊明截停一部的士，打開車門，珍妮第一個跳上車，其他人也趕緊擠進車廂。

載著貝麗的車在尖沙咀鬧市要道穿插，俊明身旁駕車的司機一直跟在後面。他的眼神帶著疑惑，但一直沒吭聲，也許他見慣了現今的年輕人行為有點古怪。

　　「為什麼要跟著前面這輛的士？」他終於忍不住問道：「這兒車多很難跟上呢！」

　　「前面是我們的朋友，帶我們去開大食會，但我們不熟路，要跟著走。」珍妮一派理所當然她說：「麻煩你跟緊些，走失了我們就找不到，今晚不知道去哪兒了。」

　　司機踏下油門，果然跟得貼近了些。

　　載著花襯衫大哥的車經油麻地轉入近旺角的橫街，在一排唐樓前面停下。他們上樓時半拖半扶著貝麗。

　　「為什麼貝麗跟這幫人來這裡？」彼得說。

　　「貝麗怎麼會自願跟他們，」珍妮說：「她看來不太清醒呢。」

　　「怎麼辦？要不要報警？」目仔問。

　　「還未清楚什麼回事，怎樣報警呢？」傑說。

　　這幢舊式唐樓有六、七層高，樓下是間已關上閘的五金建材商店，門口掛了些殘破的醫療診所招牌，走廊盡頭沒有升降機。傑指了指入口旁邊一個白底紅字印著什麼「公寓」，門口裝了霓虹光管的招牌，就在幽暗的水泥階梯上面。

　　俊明記得上次去上海街找傑時，也看到類似這種門面。

　　「現在怎麼辦？」目仔問。

　　「你除了這個問題之外，還曉得說其他的嗎？」彼得說。

　　目仔做了個鬼臉。

公寓裡面傳出兩下像有人在呼喊，但聲音隨即聽不見了。

「這不是貝麗嗎？是她在叫啊！」珍妮說。

傑二話不說，一手推開門進了公寓，門外剩下他們幾個面面相覷。珍妮深深吸口氣，也推門進去。

「現在怎辦？」目仔又問。

俊明猶豫了一會，想到沒可能丟下傑和珍妮就這樣回家去，也擔心貝麗會不會出事，但光站在門外又不知道可以做什麼。

他看看彼得和目仔，大家不約而同像珍妮般深深吸了一口空氣。

推開磨砂玻璃門進去公寓，看見傑正在和櫃台後穿白色汗衫像門房的中年人在談話。傑給他們眼色，指指他身後一條左右各有五、六個門口的長走廊。其中一個房門半開，僅露出珍妮的一張臉，她伸手示意他們不要作聲快點進來。

「貝麗被他們帶到隔壁的房間。」珍妮關上門，指向房間左邊。

俊明環顧這只有約八十平方尺的公寓房間，地上舖桃紅色的薄地氈，靠窗那邊有個丁方面積的小浴室，深紅窗簾下是張大床，旁邊放了個粉紅色噴漆的床頭櫃，上面座了盞織花燈罩枱燈，暗淡的光亮僅照得見四壁，門邊有個人般高同樣色調的小衣櫥。

「公寓原來是這樣子……」目仔邊看邊自言自語。

「你沒有見過嗎？」彼得說。

「沒有啊，你又來過嗎？」目仔回了一句。

彼得給了目仔一個白眼，說：「這些地方我怎麼會來？」

「你這樣問我，我還以為你來過呢。」目仔說。

「不要在這時候鬥嘴了。」珍妮說：「想想辦法救人好嗎？」

「老實說，我不知道怎樣才能救貝麗出來。」彼得攤開兩手說。

「你呢？」珍妮問目仔。

「我……不知道啊……」目仔支吾以對。

珍妮的目光掃向俊明。

「先等傑回來，看看這裡是什麼環境。」他說。

這刻有人輕敲門，珍妮小心打開門縫，傑閃身進來。

「現在怎麼了？」珍妮問。

「有一個辦法，但要大家冒點險。」傑說。

「怎麼冒險法？」珍妮問。

「這公寓會停電，但只有大概半分鐘，」傑說：「估計他們有人會出來櫃台找門房理論，我們看能否趁機把貝麗帶出來。」

「跟著呢？」目仔問。

「走廊另一邊有走火通道，我們帶貝麗用這出口脫身，」傑指了指跟隔壁相反的反向，說：「你們最好跑快一點。」

大家你看我、我看你，說不出話。

「他們現在只有四個人，不用太害怕。」傑說。

「但這些傢伙是出來混的江湖人物，打起來我們頂得住嗎？」彼得開始有些緊張。

「動拳腳我不怕，但他們會不會有『架生』？」目仔問。

「我們一直跟在後面，看不到他們身上有『架生』。」傑說。

「什麼是『架生』？」珍妮問俊明。

「就是武器的意思，像是刀、棍這些。」他說。

珍妮一臉驚恐，兩手掩著口。

「我們目的是救人和脫身，不是跟他們打鬥，但他們很難說會就這樣罷手，」傑說：「我說要冒點險，就是這個意思。」

大家又是一陣沉默。

「公寓怎會無端停電呢？」珍妮問。

「我跟門房談好了，他願意幫忙暗裡關一下大掣。」傑眨眨眼睛說。

「是嗎？那太好了。」珍妮說。

「救人一定要快，門房阿叔在等我的訊號。」傑指指門口說：「你們誰不想這樣做，可以現在就走，絕不勉強。」

「我不會丟下貝麗不管！」珍妮堅決地說。

「既然來到這裡，沒理由放棄。」俊明說。

「你兩個呢？」傑問目仔和彼得。

「我跟大家齊上齊落，死就死吧！」目仔拍拍胸脯。

「算我一起吧，現在跑開太窩囊了！」彼得說。

傑想了個計劃，趁停電他們出來找門房的時候，傑和俊明去引開外面的人，其他人看機會進房把貝麗帶往走火通道出去。

「這門房又會肯聽你的話？」俊明問傑。

「說來也湊巧，這位阿叔以前是跟我媽打工多年的伙記，一看就認得我。他出來混過一段日子，現在替一個老闆打理這個場，不怕這些傢伙。」傑輕聲說。

傑把門輕輕打開，向走廊另一端的門房伸手示意。

「大家準備好。」傑說。

不到半分鐘，忽然聽到像開關的「啪」一聲，眼前所有燈光全滅了，周圍頓時漆黑一片，只有走火通道上面的「出路」牌子發出微弱的腥紅光亮。

隔壁房間房門打開傳出人聲，兩個人手拿打火機照路走出房間，走向正在櫃台點燃一支蠟燭的門房，嘴裡不斷埋怨著。

「搞什麼？在這個時候停電？」花襯衫男人指著門房連珠炮發地咒罵，他後面有個染了紫色頭髮的手下在幫腔，門房阿叔把蠟燭燃亮，連聲賠不是。

傑和俊明出了走廊，看見房門半掩，裡面一個男人打亮火機點香煙，暗淡火光中隱約照亮有個長髮女孩躺在床上。

這男人拿著火機走進房裡的浴室，關上了門。

這機會不能更好了。

「貝麗就在裡面，趕緊把她帶走！」傑猛招手示意目仔等進房，俊明和他緊貼牆邊站著，有需要擋住追兵讓珍妮她們脫身。

只聽見珍妮輕聲叫了句「貝麗」，然後像是拍打手臉的聲音，這段時間可能只有十幾秒鐘，但俊明感覺好像整個晚上那麼久。

門房阿叔一邊埋怨電力公司，一邊拉著花襯衫男人幫忙看電源開關，他的手下拿著手電筒照明。

珍妮幾個人半扶半拉把貝麗拉出房間，打開走火通道的門出去，俊明聽見貝麗迷糊地呻吟著。

花襯衫男人仍然被門房阿叔拉著檢查，但他身後的手下似乎有所警覺，跑了出走廊。

「你們在做什麼？」一個紫髮青年用電筒照亮走廊，剛好看

見他們和貝麗的身影，大聲喝罵兼叫人幫手追截。

傑和俊明從側面撲出把這青年猛然推開，他失去平衡倒下，手電筒脫手在地上滾動，他和傑合力像摔角般把他背朝天壓在地上。

「快走！」傑看他一時起不來，大聲說。俊明和傑立即轉身走向通道門口，房間裡的男人手拿亮著的火機剛好走出房門，傑隨手一下子把他推開，把他整個人倒跌回房裡，火機也跌在地上熄掉。

出了通道門口，卻只見樓梯堆滿了舊傢具紙箱一類的雜物，只有向上走有點空間可以穿過。

「下面堵住了，快點上天台吧！」上面樓層傳來彼得的呼喊，而透過通道聽見有人在後面大聲叫罵，而公寓裡面這時燈光也恢復了。

「只有向上走了。」傑說。俊明在前、他在後，跑了兩層樓梯，走火門都是裡面反鎖。上到天台看見貝麗身子軟軟靠著圍牆坐在地上，雙眼半睜半醒，珍妮、彼得和目仔圍著看顧她。

「貝麗好像不很清醒，不知道是被打還是怎樣了？」珍妮拿出手帕，擦拭貝麗面頰和前額擦。

貝麗似乎開始清醒過來，說：「他們灌我吃了兩顆不知什麼藥丸，整個人立刻手軟腳軟，暈暈的像發夢一樣⋯⋯」

她說時手掩胸前，發覺襯衣鈕扣打開了，掙扎想伸直身子整理衣衫，吃力想把縐縮上去的短裙拉下來蓋住露出的大腿，卻隨即乏力倒下。珍妮跪下把貝麗扶著坐好，細心地替她扣上衣鈕，將敞開的外衣拉好掩在胸前。

「這唐樓是獨立一幢，天台通不到隔壁，沒處跑啊！」彼得匆匆環視四周，說。

俊明舉目看兩邊都是十多層比較新建的大廈，夾著這幢歲數大許多倍的四層舊唐樓在中央。天台上面沒有燈光，半個人高的圍牆外橫豎著好一堆公寓和食肆的層層霓虹招牌，把他們幾個照得通亮，身上、臉上都像塗了斑駁片片的紫藍和腥紅色彩。

「傑，現在怎麼辦？」目仔說。

傑搖搖頭，正待開口，天台通道的鋼門「呦」一聲打開，花襯衫男人和他手下走出來一字排開。

「你們幾個怎麼沒有跑掉呢？」花襯衫笑著說，手裡拍打著一條破了邊的金屬喉管。

傑站直身子，從牆邊的廢木堆裡抽出一根約三尺長的木條，拿在手上警戒著。彼得、目仔和俊明站在傑後面，護著圍牆邊的貝麗和珍妮。

「你也懂得拿『架生』，不差呢？」花襯衫揮動兩下手上的喉管，向身邊兩個手下打個眼色，兩個人各自從衣袋裡抽出大約七、八寸長的彈簧刀。

「今天你們跑得上來，恐怕是跑不下樓了！」花襯衫說：「這樣好看的女孩，臉上一生留下長長的刀疤，太可惜了。」

「你們要的是我，不要搞他們！」貝麗站了起來，用了氣力大聲說。

「你當然跑不掉，你的老友膽敢管老子的閒事，身上不穿幾個洞，我以後還能出來行走？」

花襯衫說完，和兩個手下一邊走近俊明他們，一邊揮舞手上

的傢伙。

「糟了！怎麼辦啊！」目仔在低呼。

彼得學著傑抽出一根木條，俊明也跟著做了。

傑皺著眉回頭看了看大家，沒有說話。他踏前了一步擺開架式警戒著，手上的木條指著步步迫近的花襯衫和他的手下，像條面對一群野狼的戰犬。

「貝麗不要這樣……」俊明聽到身後珍妮在驚叫。

他回過頭，看見貝麗站在圍牆上面，她踏腳的牆頭厚度僅能容納下她穿著的黑短皮靴。

「你們不要過來，再走前一步，我就這裡跳下去！」貝麗指著花襯衫男人說。

花襯衫臉上一陣驚愕，隨即泛現懷疑的獰笑，說：「你真的要跳下去？我不會這樣容易讓你嚇倒！」

「不要過來！」貝麗像在呼喊著，可以聽見從四周的水泥叢林反射回來的迴響。她同時腳步外移了半步，半個人像懸浮在圍牆的邊緣。

「貝麗，不要這樣啊！」珍妮站在貝麗腳邊，伸出手想拉住她。貝麗靈巧地閃開了半步，那半秒失去了平衡，人晃了一下，好不容易才站穩了。

珍妮掩著口驚呼：「不要！」

俊明感到自己的心跳停了半拍，喉頭緊扣。

「算了，我腳頭不好，頭頭碰著黑，又沒有人要我，活下去有什麼意思……」貝麗的眼淚流下面頰，說：「這個世界沒有一個好人，人人都可以反面無情……」

花襯衫看來有點猶豫，其實不只這幾個身經風浪的江湖人物，俊明和傑都被貝麗的舉動嚇呆了。剛才可能爆發的搏鬥，突然都不再可怕。眼前他們都認識的長髮女孩站在天台邊緣，帶來從來沒有想像過的恐怖。

　　寒風吹過天台上幾行長竹上晾晒的衣物，一片死寂中只聽見棉布床單輕輕拍打著旁邊雜亂豎立的魚骨天綫，胡亂拉開的電線隨風搖曳。

　　貝麗真的會踏出最後一步嗎？為什麼她想這樣做？她不是一向難不倒的強悍女孩嗎？忽然俊明明白這些可能只是她脆弱心靈的迷彩外殼，騙了所有的人，除了她自己。

　　珍妮說過為貝麗擔心，也許她了解的比他要多。

　　他們都差不多在今年滿十八歲，來到人生另一個段落，面前許多未知的日子，不可能全都是是沒有出路的絕壁，何必就這樣說再見？這是俊明一向單純的想法，但現在對貝麗來說也許無甚意義。

　　紫髮青年對他的大哥低聲說：「剛才灌了她吃什麼丸仔，還是她來真的？」

　　「我怎知道？」花襯衫說：「現在的年輕人傻傻的，不曉得腦子在想什麼，很難說。」

　　「上面天台有人想跳樓啊！」午夜的街道車流和行人疏落，下面傳來的人聲特別清晰。

　　對面大廈有一兩戶燈光放亮，打開的窗戶後面是一張張驚訝的面孔。

　　「貝麗你不要這樣，下來好嗎？」珍妮雙手合十央求著。

貝麗沒有回應，低下頭望向下面，身子的重心更靠近邊緣了。

下面路人傳來兩聲驚呼，跟著「小心啊！」「快點報警啦！」的呼喊此起彼落。

貝麗轉身俯看下面的街道，伸開兩手。俊明看見她淚痕滿佈的臉上，泛起帶著痛苦的一絲微笑。

花襯衫帶著他幾個手下頭也不回，拔腳跑向通道下樓去了。

下面街道人聲開始明顯多了，很快讓警車的鳴笛蓋過，然後一片寂靜中只聽見無線電通話器的靜電噪音。

環繞著的大廈窗戶和水泥外壁反映著閃動不已的紅藍兩色。貝麗呆站著的背影紋風不動，像尊豎立在這片交雜燈彩中的雕像。

傑輕輕放下手上的木條，走向圍牆上的貝麗。

「你下來吧，他們已經走了。」傑說。

「真的嗎？你不要騙我。」貝麗仍然面向著街道。

「貝麗，我不會騙你。」傑說。

「下來吧，貝麗。」珍妮說。

掠過的一陣風，吹起了貝麗的長髮和外套，她整個人忽然軟弱地在隨風微微搖晃。

「下來吧。」傑伸出手，但貝麗的手甫伸向傑又縮回。

「我不知道怎樣下來，這裡太高了，我很怕，轉不了身。」貝麗閉上眼，兩手掩著口說。

「不是向前走，是下來後面……」目仔緊張地說，生怕貝麗弄錯了方向。彼得拍了一下目仔肩膀，示意他別亂插話。

「你站定，不要動。」傑找來一個木箱放在圍牆旁邊，用力腳踏了兩下肯定不會扁塌。

「你不要上來，我站不穩會拖累你。」貝麗說。

傑沒有理會，踏著木箱上了圍牆，身子慢慢靠近貝麗。街道下面傳來一陣呼叫的聲音。

「慢慢伸出手，我會拉著你，一起一步步下來。」傑說。

貝麗放下手垂在僵直的身子兩側，說：「不行啊，我整個人動不了，怎麼辦？」

「我來拉你的手，幫你下去。」傑說：「你不要動，只要仍然站好就成。」

「不要，我不想拖你一起摔下去。」貝麗開始有點激動：「我的命不好，掉下去會累死你的！」

「那沒關係，那就跟你一起摔下去吧。」傑冷靜地說，像一點也不介意：「命好不好又怎樣？最要緊不要就此玩完，對嗎？」

傑這句回話似乎分散了貝麗的注意力，她身子的顫抖霍地放輕了。

「衰運不會放過我，我已經害死了我阿媽，不可以再連累其他人！」貝麗像在自言自語。

「我一世夠運，總是打不死，你害不了我。」傑加上一句：「信我吧。」

傑繼續一點一點地移步靠近貝麗，小心翼翼拉住她低垂的手。

有幾個警察和消防在天台出口現身，放輕腳步向他們靠近，帶頭的警察一臉嚴肅，示意其他人別講話。

傑拉緊貝麗的手，身子貼在她旁邊站穩腳跟，忽地用了點勁環抱貝麗的腰，轉身踏步落在墊腳的木箱上，半抱半扶和她一起下了圍牆。

有個女警和消防員上前用毛氈包裹著貝麗的身體，把她扶往天台的通道。這隊人帶頭的是個沙展，查看了俊明他們的身份證，吩咐要一起回警察局問話和協助調查。

　　「我們做錯了什麼，怎會弄成這樣子的呢？」珍妮兩手捂著頭嘆氣。

　　「對不起，我沒想過會這樣。」俊明對她說：「我很抱歉。」

　　珍妮沒有說話，只是垂下頭呆站著，不斷落下的淚珠沾濕了面頰，俊明把她輕輕摟在胸前。

♪ 無奈承諾

在警署的問話很簡單，貝麗被花襯衫這幫人拉去公寓的事情，俊明在雜差房對負責調查的警探從頭到尾都講了。聽到的是事件會紀錄在案、進一步調查，將來要協助認人等等。

輪到目仔和彼得被警探叫進小房間談話。傑從口袋摸出一包香煙，說去洗手間便跑開了。

「貝麗不會有事吧？」珍妮問。

「不會吧？」俊明不太肯定：「我一向以為她挺硬淨，不似其他女孩那麼……」

「不像我那麼脆弱吧？」珍妮說。

「我不是說你。」他連忙補充：「不過，現在我也分不清了。」

「本來我也這樣想，但後來我住在她的家，才瞭解多了一些。」

俊明等珍妮往下說。

「她比較……可說是不容易吧。」

「怎樣了？」

「她由嫲嫲帶大，兩個人住在嫲嫲的屋邨單位，念到初中便出來打工，聽她說來到這世界只靠自己。」珍妮說。

「她的父母呢？總有些親戚吧？」

「我不知道，貝麗從來沒有提其他的親人。」珍妮嘆了一口氣，說：「有次貝麗不在家，她的嫲嫲對我講她出世的時候媽媽難產去世，父親很快在外面置了一頭家，把她交給嫲嫲便離開了，自此兩婆孫相依為命。」

「所以她看起來像很懂事。」俊明說。

「看來是吧?也許這就叫做世故。」珍妮聳聳肩:「雖然和我同年,但總覺得她比我年長多了,我變成要倚靠她。」

「但是她似乎不是外表那麼⋯⋯」

「碰到昨晚的事情,對誰來說都很難應付。」珍妮說:「貝麗告訴我,Mike 昨晚在餐廳說喜歡了別人,要和她分手了。」

俊明有點恍然大悟:「對貝麗來說這太難受了。」

「我們始終還是年輕吧。」珍妮的頭垂到胸前,淚珠落在面頰。

「不要怕,警察很快會讓我們離開。」

「我不是擔心這裡,我在想出去之後怎樣。」珍妮說。

俊明想他可以回家,當作沒有發生過什麼,母親如果上夜班,可能還不知道他整夜未回家。她做完在醫院當雜務的夜班之後,進門的時候上午已去近半,徹夜工作常令她剛脫下雙鞋便倒頭入睡,沒有功夫再擔心其他。對一個寡婦而言,有一個算是懂得「生性」的勤奮兒子,已經是她莫大的安慰。

俊明也只能不斷在上學、做功課,利用剩餘的時間做兼職,不用向她伸手拿錢,已經是他能做到最好的事情。有時一天完畢筋疲力盡,他倒在床上,想想已盡力活好了這一天,便算是心安理得。

但俊明能告訴珍妮明天會怎樣?他可以想像她有個寬敞而美輪美煥的家,陳設雅致,有自己佈置的睡房,家務由傭人打理,但這卻也是她選擇了放棄的地方。對於全心全意鍾愛她的父母,她也不肯見面,這又是為了什麼?

「如果不是跟我們一起，你不會離開你的家，昨晚這些事相信你永遠不會碰到。」俊明心中充滿了歉意。

珍妮露出苦澀的微笑。

「我不怪你。」她輕聲說，拉了拉他的手。

傑回來坐在通道對面的長椅上，飄來一陣淡淡的煙草味道。

「CID 問完話，貝麗在雜差房外等著。」傑說：「阿 Sir 說珍妮不用落口供，我們應該不會再在這裡坐很久。」

「貝麗怎樣了？」珍妮問。

「她好像沒有什麼了。」傑說：「她對探員說不認識那幾個人，有點酒醉所以不知道怎樣被他們帶到那地方。」

傑轉述貝麗的話，說傑他們是她的朋友，找到來公寓幫她離開，又說站在天台吹風讓路人誤會是企圖跳樓。

這時貝麗在一男一女兩個警員陪同下從走廊步向大門，她兩手緊捏著背包，神色有點緊張。

「警察要貝麗去醫院檢查。」傑說。

「我陪她去醫院，可以幫幫她。」珍妮說。

「讓我去吧，我知道警察會怎樣做事，而且有 Madam 一起去。」傑對珍妮說：「你還是快點回家。」

傑走出大門，跟在貝麗和警員後面上了一輛救護車。

彼得和目仔出現，說警察做了記錄便叫他們出來。他們坐在長椅沒一會已睏累交纏，眼睛快打不開了，有個軍裝走過來叫他們離開。

出到大門外，珍妮整個人怔住了，放開了拉著俊明的手。停在路旁的一輛黑色名貴房車，是珍妮母親曾經接載俊明回家的那

一輛，珍妮的父母親正踏出車門。

「什麼也不用說了，回家吧。」一臉倦容的林太走過來，拉著女兒緊緊擁抱不放。

林先生跟太太耳語了兩句，林太便和珍妮上了房車。開車之前珍妮拉著她父親很認真說了些話，看了他們幾個一眼，像是很不情願的道別。

林先生招手示意俊明過去。

「這差館有我的熟人，昨晚的事我知道了。」

「這一切都不關珍妮的事。」俊明說。

他點頭，目送他太太和女兒的房車駛出路口。

「你們說要玩音樂，今天弄成這樣子，值得嗎？」林先生說。

這個晚上有太多事情在俊明的腦子裡盤旋，但他沒有想過和玩音樂是否值得有什麼關係。

「我們沒有想過會這樣。」他只能說出這句話。

「你們年紀輕，想像到的事情不會很多。」

這句話俊明聽來這像分析，又更似是批評。

「如果當時有人對珍妮不利，你們能夠保護她嗎？」

「我會不惜一切，不讓她受傷害。」俊明說。

「我暫時不懷疑你的決心，但你到底有多大的能力呢？」林先生像在迫問。

俊明低頭看看自己的一雙手，想起剛才在天台和傑並肩，手持木條，面對花襯衫和他手下那一刻，他們手上的利刃在陰影之下閃亮，這恐懼令他感到非常渺小。

「我相信你們一心一意想玩你們的音樂，不想到處找麻煩，」林先生說：「但說實在的，珍妮和你們一起，遲早會碰到昨晚那些事。」

「所以她不應該跟我們一起，是嗎？」

「我沒有這樣講，」他說：「我只是想這世界很大，有各式各樣不同的人，走的路很自然不會一樣，對嗎？」

「道路相同的人，自然會結伴同行。」他頓了頓，說：「道路不同的人硬要走在一起，有時卻會太勉強。」

「那珍妮和我們又怎樣呢？」俊明問。

林先生搖搖頭，舉手截停了一輛的士，對俊明說：「你自己想想吧。」

「Dr. Lam，」俊明說：「你會讓珍妮和我們完成這次音樂節的演出嗎？」

的士車門打開，但林先生沒有坐進去。

「珍妮曾經向我提過這事情。」他說。

「這次參加演出對我們很重要，我說的不是比賽爭勝的事情，」俊明說：「我相信對珍妮來說也很重要。」

「你拒絕了她，不讓她再練琴，」俊明說：「所以她就離開了家，是嗎？」

林先生冷冷看著俊明，努力壓抑他的不悅。

「你可以再考慮嗎？」俊明像在懇求。

「看在珍妮份上，」林先生想了想，說：「如果——我是說如果——我考慮你的要求，你們得先給我一個承諾。」

「什麼承諾？」

「你們答應我一件事，讓珍妮將來安心專注她的學業和前途。」

「你的意思是⋯⋯」

「我把話說清楚吧：你和你們的樂隊之後不會再找她。」

他鄭重地手指著俊明，說：「演出之後不要再找她──特別是你。」

這一刻俊明覺得好像面前有等待他簽署的生死狀。

「你要表明你答應這條件，還有你不能讓珍妮知道這個協議。」林先生擺擺手，示意司機稍等：「在我叫這的士開車之後，我不會再考慮你的任何要求。」

俊明看了看身後不遠的彼得和目仔，他們目光充滿了狐疑。俊明知道他們渴望在這次盛大的音樂節演出，讓他們幾個寂寂無聞的年輕人，在喝彩聲中發出光芒。當然他們亦有可能失手炒粉，面對丟人現眼的終局，但他們不想放過這個難得的機會，在仍然屬於他們的歲月盡力來一次。

俊明也深信珍妮跟他們一樣，希望把握這原本沒有可能發生的一切，感受音樂在她身上迸發的獨特光彩。

「林太說你是個老實人，相信你會講信用，我希望她沒有看錯。如果你做不到的話，不要答應我。」林先生看了看手錶：「我不會強迫任何人做不想做的事情。」

「但是你會不讓人做很希望做的事情，對嗎？」俊明這句話衝口而出。

林先生搖搖頭，臉上流露厭惡，身子坐進了車廂。

俊明伸手擋著正要關上的車門，說：「我答應你的條件。」

「你會遵守承諾嗎？」林先生問。

「我會！」俊明堅定地說。他的心在顫抖，像在扼殺手中一隻掙扎求存的小鳥。

「我相信你。」他伸手和俊明緊握了一下，嘆了口氣：「也許，在許多年之後，你會明白我為什麼要這樣。」

的士疾駛而去。

「這算什麼意思？」目仔走過來問。

「好像是說我們還有可能和珍妮完成這次演出，」彼得說：「但這會不會是最後的機會呢？後面聽不清你們說什麼。」

「真的是最後嗎？為什麼以後沒有呢？為什麼他們總是不許這樣、禁止那樣呢？」目仔拋來了另一堆問題。

俊明不懂得怎樣回答。

⚡ 賽前練習

　　Benny 叔叔的地方設有專業級數的錄音室，不時看見稍有名氣的樂師出入，他們上來開工錄音，或是和行家碰頭。有次傑在練習的時候，Benny 帶樂壇人稱「小鼓王」的歷克仔過來介紹，讓傑高興了好久。之後歷克仔出現，空閒時會和傑聊兩句，偶爾露兩手指點一下。傑得到高人教路，加上自己努力嘗試新的花式，在鼓路創意方面像開了新天，令他打得更起勁了。

　　大威和他的一群人也是樂室的常客，碰上彼得時興之所至，兩人會 Jam 歌稍作比試。有一次以交換主音及和音結他的位置來玩 *Stairway to Heaven*，大威稍勝一籌。彼得其實功夫不弱，但會有時無緣無故出錯。

　　「點解好像我總比你紮實，不容易炒粉？」大威對彼得說。

　　「你好嘢吖嘛，」彼得說，但是有些不服氣：「你玩得比我久多了。」

　　「我年紀比你大，的確玩得比你更耐，但你識樂理也很認真去練，我就主要為過癮，好聽就算，反而沒有你那麼講究細緻的地方。」

　　「細緻又怎樣？一炒粉就衰了。」彼得說。

　　「其實用不著太認真，你可以一樣咁掂。」大威說：「可能你擔心的事情太多，影響了信心。」

　　「你又知我擔心？」

　　「你擔心炒粉被人喝倒彩。」

　　「這和信心有什麼關係？」彼得反問。

「人擔憂結果就會心怯。」大威指指自己胸口：「一旦心怯便信心動搖，容易炒粉。」

「你說我擔心什麼呢？」

「擔心什麼？」大威重複彼得的問題。

「我在問你啊！」彼得說。

大威展露他爽朗的笑容，終於說：「可能你老是擔心自己會輸吧？」

彼得低下頭沒有回答，兩隻手為掛在身上的電結他調音。

大威打破沉默，提議兩人試夾 Eagles 的 *Hotel California* 裡面兩支結他前後不同的 Solo。彼得感到自己開始放鬆一些，不再想到底誰更勁了。他感覺到今天的大威不再是個帶來沉重壓力的對手，反而更像一個朋友。

目仔一向在 Benny 叔叔的樂室幫手，現在更加投入，不停纏著上來練琴或錄音的樂師請教，常戴著耳機一段一段地反覆又聽又練。彼得和俊明每週也盡量抽空上去，碰上大家都在，便夾幾首，有時只是練些出入位，務求默契接近心意互通的境界。

按照計劃，星期六下午的練習應該各人必到，全隊人一起把幾首熟練的歌曲從頭到尾排練，然後出賽前決定用哪一首上台演出。不過令他們心裡忐忑不安的，是無法知道珍妮能不能按時出現，因為自從警署出來那個早上，至今沒有珍妮的消息。俊明把練習的時間像以前般交由宏基轉達，他也照樣記下，但一再提醒俊明所有的訊息只能轉告他的小姨——也就是林太，直接找不到珍妮。

這個星期六中午，俊明來到 Benny 叔叔的樂室，傑和目仔已

經在小 Band 房霹靂啪啦各顧各練習。

俊明把電結他插上擴音器的時候，彼得提著他的私伙推門進來。得到 Benny 叔叔幫忙，彼得用比較便宜的價錢從一個菲律賓樂師買了支二手的電結他，型號仍是彼得一向鍾情的 Fender Stratocaster，不過是限量版，質素更好些。那位樂師可能對彼得印象不錯，還送了幾件他用過的舊型號音色特效玩意給他。

他們在這小房間站到自己平日的位置，但一堆鍵盤前的座位仍是空的，大家調音時特別感覺缺少了些東西。

珍妮已經連續兩個星期沒有出現，俊明已經不再懷有太大的期待，但是這刻他們彼此沉默相望了好一會，似乎大家心裡仍然放不下最後一線希望。

房門「啊」一聲打開，俊明心底起了一陣震蕩，不過進來的是 Benny 叔叔。他放下一膠袋盛著的瓶裝飲品在門邊，隨即關上門出去了。

傑打出拍子，他們隨即開始練習最早合作的那首 *It Never Rains in Southern California*，沒有珍妮奏的一串和弦開頭，總是有點怪怪的。俊明記起只在不久之前，他還是玩 Band 的初哥，和傑、彼得三個人開始這一切，今天也是在玩同一首曲，但似乎已經過大多的改變，一切跟以前都不一樣了。

他們埋首玩了好一段，才發覺房門不知什麼時候打開了，聚光燈下照著一個人的身影。

霍然間音樂中斷，一切停了下來。

珍妮走出了燈影看著他們，慢慢展露她帶些頑皮的微笑。她沒有戴長長的假髮，臉上只有淡淡的素妝，那副大得誇張的太陽

眼鏡也不見了。

俊明不顧一切跑去擁抱珍妮，感受到她身軀散發特別的溫暖，聞到她髮鬢間淡淡的幽香，他發覺環扣的雙手完全不願意鬆開。

珍妮仰視著他，露出腼腆的笑容，用手指指他身後。目仔、彼得和傑在呆站著，像等待了一個世紀那麼久。

「哈囉，不好意思，我又來遲了。」她慣常說的話今天特別動聽。

一輪尷尬的微笑和些少忸怩之後，珍妮跟目仔、彼得和傑互相問候，又和他們逐一來個輕擁，這親切的舉動在他們之間極為罕有。

不過，似乎沒有其他比這更能流露他們的心情。

「沒想到你會出現。」俊明說：「為什麼你總沒有回覆？」

「是嗎？」珍妮故作輕鬆回答，像靈巧的小貓般避開了問題。

珍妮輕撥額前散亂的瀏海，俊明才留意到她回復近乎清湯掛麵的短髮，長長的假髮不見了，髮腳剛好觸及頸後，露出白皙的膚色。兩耳掛著的大型閃亮銀圈也沒有了，耳珠配上小顆圓圓的珍珠，淺紅唇彩顯得一臉清秀，身上是素白的T恤和牛仔褲，他覺得今天的珍妮是從來沒有過的美麗。

「你跟以前不同了。」俊明問。

「不同的事情總會發生。」珍妮若有所思地說：「你不是常說世事多變嗎？」

「對，很難猜得到。」他承認。

「你猜猜看還有誰來了？」珍妮故作神秘地把房門打開。

門外走進一個頭髮比珍妮更短，臉上素妝身形高挑的女孩。

雖然驟眼有點陌生，但憑她的大耳環仍然可以立刻辨認出來。

「嗨，我們又見面了！」貝麗擺擺手，大步踏進 Band 房，伸開手臂和他們幾個也來逐一輕擁。

兩個女孩大方而親切的招呼，令他們幾個有點受寵若驚，目仔費了好些勁才定下神來，俊明留意到貝麗擁著傑的一剎，似乎把他扣得更久些。

「我們繼續夾下去吧，好嗎？」珍妮放下肩掛的帆布袋，像回到樹林的小猴子跑到鍵盤的座位前面，琴音隨即響個不停。

俊明他們自動回到自己的位置，一派準備停當的樣子。貝麗靜靜地走到傑的鼓座後面不遠，靠牆看著傑的背影。

珍妮掃出一串鍵琴和弦，傑隨即打出開頭的擊鼓，大家也立即會意，進入他們經常用來暖身的歌曲 *It Never Rains in Southern California*。

在心中數著拍子的一刻，俊明像經歷風雨之後，慶幸回到和暖陽光下的平靜。

傑提出休息幾分鐘，讓他出去抽口煙，彼得和目仔也往廁所跑，俊明趁機想解開一個謎團。

「你今天來有碰到困難嗎？」俊明問珍妮。

「你是說我爹哋有沒有阻止？」

俊明點頭。

「我說下午要去練習，但沒有說練什麼。」珍妮說：「我相信他明白我的意思，但他只是看看我，一句話也沒有說，就像沒有聽見。」

「就是這樣？」

「對，直到出了門口，我才敢相信真的沒有人要阻擋我。」
她流露出一絲興奮：「我不知道為什麼會這樣，但也不管了。」

俊明慶幸珍妮能夠出現，不知道是否林先生改變了他的想法，但他不能把他和林先生這個「協定」告訴珍妮，也就是因為這樣，他始終抹不去心裡有種不祥的感覺。

*****

春季末梢的大學入學考試令俊明埋頭在一堆堆的講義之中，目仔也說做了許多重考的準備，彼得和珍妮則為中六學期尾的功課和測試忙得不可開交。雖然他們都盡可能出席星期六下午的練習，但偶爾地會有一兩個成員遲到甚而來不了。

傑是這段日子最能淡然處之的一個，他的心已經聚焦在學校以外的地方。

連串的考試日結束後，才剛透了一口氣，樂隊又再為音樂節緊密練習。

Benny 叔叔特別安排了一間比較少用的小 Band 房，配搭鍵盤、爵士套鼓，和幾件 Marshall、Fender 擴音器，還有麥克風等，以折扣價租給俊明他們練習。

「打真的套鼓比打電話簿爽多了。」傑說。

*****

踏入夏季，音樂節還有不到兩個月，他們爭取時間練習，個

人技巧和相互溝通都有所改進。珍妮提出了不少建議，大家改動之後果然暢順些。傑主管節奏也同時顯露帶領樂隊的才能，一板一眼地督促大家在開頭、結尾或出入位更加準確，減去在比較難玩的轉接位拖泥帶水的情況，讓人對每首歌的演出信心堅實許多。

這天他們照常玩了幾首曲，珍妮停了下來，從大布袋拿出一疊和弦曲譜分給大家，上面夾著中文的語句。

「什麼東西？」彼得問。

「這是一首歌曲，還有歌詞呢。」俊明說。

「這是首中文歌？」目仔問道：「用來做什麼？」

「不要多問，你們先看一看。」珍妮說。

傑細看了一會，說：「我不懂樂理，不太明白，那兒找來的？」

珍妮曾經用了些時間教俊明和隊友怎樣看樂譜，他們勉強分辨出歌曲的段落、拍子那些基本的東西，不過不太能領略到其中旋律或音樂感比較複雜的部分。

「有沒有人懂得哼些少出來嗎？」珍妮問。

俊明搖頭。

「我懂！」目仔隨即似懂非懂地大聲哼唱了兩三小節，斷斷續續像隻學唱歌的老牛。

「不是這樣！」珍妮大聲抗議，狠狠地向目仔白眼：「那裡有這樣恐怖！」

傑說：「我們還不太懂，沒辦法。」

「旋律還不錯，你自己作的曲嗎？」彼得用結他按譜彈了一小段，半信半疑說。

珍妮用力地點頭。

「你想用這首歌作為自創作品，在音樂節演出嗎？」傑問。

每隊參加音樂節的隊伍要演出自選歌曲，以總體的表現評分定名次。為了鼓勵創作，大會另設最佳創作歌曲部分，每一隊可以選擇表演一首自己創作的作品，從中評選出獎項。

「中文歌不時興很久了，我們玩會好嗎？」彼得問。

「這首是中文歌，現在玩 Band 的人會認為老土，很難說反應會怎樣，會不會讓人喝倒彩？」目仔皺著眉。

「我沒想過拿來音樂節參賽，也更不想擔心演出之後人家有什麼反應。我只想唱一首我的歌，就是這般簡單。」珍妮咬咬唇，像悶了一肚子氣，說：「但是中文歌有什麼不好，你、我，這裡的人都不是講中文嗎？」

「中文、英文其實沒所謂。」俊明嘗試比較公道一些：「不過我們都未聽過，不知道是否好聽。」

「不是說中文歌一定不好，最要緊好聽。」傑說。

「對，最重要是隻歌好聽！」目仔和應著。

「好，你們聽聽看。」珍妮跑上電子琴，對好麥克風，彈出一段前奏，然後自彈自唱她的歌曲。

她唱了歌曲的前半段，主題旋律加上一段副歌，是由慢到快的變奏。前面比較斯文，鋼琴的引子幾乎有點古典的味道，一到副歌節奏便加快和重板，接近他們玩開的搖滾形式，聽來跟以前香港流行的粵曲或粵語流行曲調子很不一樣。

「這裡是入鼓的位，跟著電結他以至整隊 Band 會一齊來，愈來愈有勁那種。」珍妮在我們之間跑來跑去，指著樂譜某部分向他們一個個地解釋。她的臉開始泛紅，說話也有點急促。

珍妮首先和傑溝通，定下簡單的節奏模式，然後是其他的樂器部分，不夾的地方停下來，談好了怎麼辦再試。他們把手上珍妮分發的樂譜放上面前的譜架，似懂非懂努力在瞭解，找出自己樂器的出入位，然後一次又一次地嘗試配合整首歌曲的舖排。

　　這樣來來回回不知多少次，他們能夠粗略地由頭到尾把珍妮的歌曲走一遍。

　　「我想這裡有段結他的 Solo，跟著兩個 Bar 是鼓的 Solo，然後結他和鼓、全世界一起入。」珍妮說。

　　「結他的 Solo 玩些什麼？」彼得問。

　　「你是結他手，作一段好聽的東西，好不好？」珍妮說。

　　彼得猶豫地點頭。

　　「鼓這一段就由我想怎麼打都好，是嗎？」傑接著說。

　　「當然啦！」珍妮有點兒興奮。

　　「這裡的木結他、低音結他部分是骨幹，由你們兩個發揮了。」她對俊明和目仔說。

　　目仔沒有說什麼，但眼裡閃出少見的光芒。

　　「我首歌還在修改中，其中有一樣和你有關。」珍妮故作神秘說。

　　「你是說除了木結他？」我問：「那還有什麼呢？」

　　「等我改好了，再找你一起研究吧！」她說。

　　一輪溝通之後，大家再把珍妮的新曲試夾了幾次，比開始時合拍多了，歌曲的感覺逐漸浮現。

　　「很不錯的中文歌呢，但為什麼我好像沒有聽到有人唱過？」Benny 叔叔不知什麼時候拿了兩支話筒進來。

「這是珍妮作的新歌。」傑說。

「真的嗎？」Benny 叔叔拍手道：「太棒了！」

「謝謝你，Benny 叔叔。」珍妮露出帶神采的笑容。

「是不是參加青年音樂節自創曲的競賽？」Benny 叔叔問。

珍妮凝視面前的鍵盤，沒有說話，大家一時也不知道如何回答。

Benny 叔叔有點詫異，目光像在他們的臉上找答案。

「珍妮說，也許不會在音樂節演出……」俊明打破這片寂靜。

「為什麼呢？」

珍妮垂下頭，兩手捂著臉。

「我想是怕大家玩 Band 的人聽不慣吧。」傑說。

「音樂就是音樂，參不參賽、贏或輸，甚至別人喜不喜歡，其實都不重要。」Benny 叔叔點頭，像有所領會，說：「不過我一向覺得歌是作出來讓人聽的，自己喜歡固然開心，讓大家都有機會分享，不是更好嗎？」

在一片沉寂中，Benny 叔叔更換了兩支麥克風便出去了，沒有再說什麼。

「今天大家都累了，下次再練吧！」傑像鄭重宣佈落幕般說。

走出房間，穿過堆擁在門口等 Band 房的兩群人，旁若無人地抽煙談笑。

「剛才那隊 Band 的女仔唱中文歌，歌就未聽過，是否我阿媽整天在聽的新馬仔、梁醒波那些歌？又不知道唱乜，古古怪怪。」一個長髮黑 T 恤男孩說。

「梁醒波是男人，她唱的像是李香琴那些！老土當時興

嘛！」有人大聲和應，跟著是一陣爆笑。

「其實Sam Hui都有唱中文歌啦，幾好聽。」有個女孩回了句。

「你懂得什麼，收聲吧！」又來一陣爆笑。

俊明旁邊的珍妮鐵青著臉，低下頭像衝過湧浪般走出大門。

彼得停下腳步，迫視在訕笑不斷的那組人。

「怎樣了，不憤氣嗎？」有人頂了一句，明顯衝著彼得。

傑用手指了指說話的黑T裇男孩，神情嚴肅沒有說話，再一手拉開了彼得。

「唱中文歌有什麼不妥？」一個高大的身影大踏步走進人堆：「你們的英文好叻嗎？你們講的不都是中文嗎？有什麼好笑？」

大威板著臉一輪發問，剛才連聲訕笑的人靜了下來。

「有房了，你們快些進去吧，別太多聲氣了。」是Benny叔叔的聲音，這批青年聽話地走進Band房，俊明和目仔半推半拉把彼得帶出門外。

電梯還在下面慢吞吞地逐層升上，大威走出來拍拍俊明的肩膀。

「他們跟出跟入，不太明白什麼是音樂，你們不要介意。」大威說。

「這首歌珍妮下了苦心，你們七嘴八舌的太沒意思了。」彼得氣還未消。

「他們今天跟我來，我負責。Sorry！」大威一臉嚴肅。

「話說了出來，你能夠替他們收回去嗎？」彼得仍然氣憤未平，一時空氣僵住了。

電梯門打開，傑和目仔說好說歹合力把彼得拉進去。

「你們先下去冰室坐，我跟著便來。」俊明說。

電梯門邊的錶板上一串小燈逐個向下亮起，大堂只剩下俊明和大威。

「你的 Band 友太沒意思了。」俊明說。

「麻煩你，替我對珍妮說聲對不起。」大威一向很少這般客氣。

「你有誠意應該自己對她說。」

「我的話她不會合耳，她看我也不順眼。事實上，我不曉得應該怎樣和她溝通……」大威垂下頭像有點喪氣，俊明未曾見過他如此模樣。

「這是你的問題，你可以改一下。」俊明語氣有點冰冷。

「你不明白。」他攤開兩手像在申辯：「最大的問題是：我從來不覺得自己有什麼問題，想改也不知道應該怎樣改。」

「也許我真的不明白吧。」俊明說。

「你不會明白。」他搖搖頭，眼神失去了常見的光芒：「我很喜歡珍妮，但光憑這樣不會有什麼用。」

「曾經有人送花去她的家，那是你嗎？」

大威一臉愕然，然後露出很腼腆的笑容，手搔一頭的長髮。

「你怎會知道她家在哪裡？」俊明不想輕易放過他。

「她的爹哋常駕車接她放學，別忘記我也有架谷巴仔。」

「所以你有去等她放學，然後駕你的谷巴仔跟在後面……」

「這不犯法吧？」大威攤開兩手說。

「你不是常和貝麗一起嗎？那又是怎的一回事？」俊明像在質問。

「我們是好朋友，很合拍，但我沒想過追求她。」他肯定地說：「我沒有像 Mike 那樣，一心想抓緊每個人，包括貝麗。她也很清楚我是怎樣的一個人。」

「對貝麗來說，Mike 是過去式了。」俊明說。

「你說得對。但憑我的感覺，Mike 和我這類其實都不會是貝麗真正想找的人，問題是好像她自己也不知要什麼。」他點點頭，忽然像想起了些事情：「你不是經常和珍妮一起嗎？這又代表你在追她嗎？」

「我的確是在追她。」俊明直截了當回答。

「真的嗎？」大威現出懷疑的表情：「我上次明白問你是不是在追珍妮，你說不是。」

「我沒有講不是。」

「你不是很肯定地搖頭嗎？」

「我沒有說不是，我搖頭的意思是我不肯定。」

大威的頭向後仰像捱了一記巴掌，倒抽一大口氣。

「你什麼時候才知道？」他問。

「直到最近。」

「這次你肯定嗎？」

俊明堅定地點頭。

「算了。」他高舉雙手像投降：「你知道嗎？我也覺得我不適合珍妮，你啱佢多啲。」

「是嗎？」俊明露出苦澀的笑容。這時他留意到大威左臂近肩膊紮上了一圈紗布繃帶。

「上星期炒了車，好彩無大礙，兩隻手彈結他還是咁勁，谷

巴仔也修理好，一樣聲威力猛。」大威洋洋得意地說。

「你這樣不是太危險了嗎？」

「我挑自己喜歡做的事情，擔心不了這麼多，」大威聳聳肩說：「而且我賽車有時會意外跑出，開始有人押注在我身上呢！」

「你還是小心點吧。」俊明伸出手說：「Good luck！」

「我也祝你們好運，大家一切順利。」大威伸手和俊明緊握：「我們在音樂節再碰頭吧。」

「大家咁話。」俊明說。

電梯門再次打開，俊明一步跨進去，但大威手按著門。

「彼得真的當我是對手？」他問。

「我想是吧。他相信他的結他比你更棒。」

「會嗎？告訴他這句話：這次音樂節就當做是我和他的一次終極較量。」大威不減他的神氣。

「他也有這個想法。」俊明說。

「好！」大威伸出大拇指，再次展露他陽光般的笑容。

*****

樂室樓下的小街有間雅靜的冰室，俊明他們繼續以前在旺角租 Band 房時的老習慣，練完了就一起來頓下午茶。跟以前他們光顧在車房旁邊的茶餐廳比較，這裡店面大小差不多，不過整幅牆高的玻璃窗照亮全店光猛通透，座位寬鬆些，也沒有那麼喧鬧。

俊明看著面前不遠的玻璃門，想起這店子也是上次他和珍妮

談話到一半，Mike 和貝麗進門把她接走的地方，之後便失去珍妮的音訊。

　　大家為剛才練習新曲溝通了一會，談到音樂讓大家心情回復輕鬆。他們有各人不同的地方，音樂是大家共同的語言，愉快的笑聲又再在桌面上的杯盤碗碟之間來回飄盪。目仔說想瞭解多些電結他用的擴音器材，彼得便帶他去不遠的通利和曾福琴行看看。傑走去櫃台借用電話，回來靜靜地抽了根煙，跟著說有事情便走了。

　　冰室坐了不少趁週末來尖沙咀逛的遊人，四周交談的聲音此起彼落，俊明只感到和珍妮這一桌出奇的寧靜。他們好一會沒有說話，只淺淺地呷嘗各自玻璃杯裡的味道，呼吸也盡量放輕，小心翼翼地希望這時光延續下去。

　　「我知道傑上哪兒去。」珍妮終於打破沉寂，露出故作神秘的笑容。

　　「你會占卜嗎？」俊明說。

　　「其實我不應該太八卦，不過……」她欲言又止，一雙眼睛頑皮地轉了轉。

　　「傑是去找貝麗了。」珍妮說。

　　「你怎麼會知道？」

　　「我也是猜的。」她聳聳肩，說：「這兩晚我去過她家探望貝麗，她決定不再想 Mike，但她還是很難完全放下。」

　　「她跟 Mike 以前如影隨形，像是他忠心伴侶的樣子，現在肯定會很難受。」

「你又知道她的感受？」珍妮突然問：「你曾經跟人分過手嗎？」

「沒有，我也憑猜測而已。」他突然心裡有種衝動，把她的問題拋回去：「你呢？」

「不知道，也許沒有吧。」珍妮咬咬唇，不置可否。

「你這般聰明又醒目……」俊明壓下了「你很美」這句話，說：「應該有很多人追求吧？」

「胡說！沒有這回事！」

「你學校門外不是經常有男孩等人放學嗎？」

「是又怎樣？又不是等我。」

「怎會沒有人等你呢？不會吧？」

「你也等過我放學，那你在追求我嗎？」

俊明一時間答不上這個聽似簡單的問題。

「話說回來，你真的不想你的新歌在音樂節演出嗎？」俊明把握機會轉換話題。

「我不知道。」她又在咬唇：「一想到在這麼多陌生人面前把自己內心的話表露，我的毛管便在顫抖了。」

「你有沒有想過自古至今有很多作曲寫詞的人，為什麼不怕發表自己的作品呢？他們的毛管比你更堅強嗎？」

「不知道，總之我只能佩服他們。」她兩手合十眼朝上看，像朝拜在空中看不見的大文豪英靈。

「你好像並不害怕在我們面前唱你自己的歌。」

「你們不是陌生人。」她說。

俊明想結束這個看來不會有結果的討論。

「這是你的作品，只能隨你的意怎麼用，我不想干預。」他說：「只是有些可惜而已。」

「反正從來也沒有這首歌，沒人聽過就當未曾存在過，沒有什麼值得可惜的。」珍妮冷冷地說。

「就像 Benny 叔叔說的，有歌不唱出來，其他人便失去了分享的機會。如果是好東西，這個世界上便永遠失去了，你不覺得這是可惜嗎？」

「如果這不是好東西呢？」

「你不讓人聽到，怎知道好不好？」俊明說：「你是沒有信心，而且也太只顧自己了。」

珍妮似乎讓俊明的樣子怔住了，看著他沒有說話。

「不要對我這麼光火，好嗎？」她低聲說。

「我沒有什麼憤怒，只不過看見不對的事情，不能裝作若無其事。」他緩緩地舒口氣冷靜下來。

「你就是這樣的人，假不了。」珍妮眼裡回復了剛才不見了的光彩。

俊明其實不明白自己為什麼這樣緊張，這始終是她的歌。他不懂樂理，也沒想過要作什麼曲或填歌詞。

埋了單，他們沿彌敦道走到碼頭，珍妮坐天星小輪過海，說要趕坐巴士上半山的家。俊明看著小輪收起甲板，噴著黑煙駛離進夕陽閃耀下的寧靜波瀾，突然後悔沒有找個藉口上船和她一起渡過維港。

上了船又如何？俊明知道這令人心悅的時刻不管怎樣努力延續，在音樂節之後將會消失不復存在。

　　俊明始終忘不了當天清早在警署門外，他和珍妮的父親所訂下的協定。這好像是一個沒有其他出路的選擇，因為如果俊明不答應林先生，樂隊將立即失去了珍妮。接受了這協定，至少這幾個星期珍妮可以再出現，她的鍵琴繼續充滿了他的空間，還有她的笑聲、嬌嗔，和老實不客氣指出哪裡有差錯的率直，還有她的新曲，這一切都是他們樂隊感到振奮的無比生命力。

　　如果沒有這個該死的協定，這些都不需要劃上一個悲哀的休止符。

*****

　　那天清早在警署門外，只有彼得和目仔隱約聽到俊明和林先生那場像角力般的爭持。不管他們有沒有向傑提起，俊明覺得應該親自向傑交代這件事。

　　有天放學出了校門，俊明對傑講出不久之後將會出現的結局。

　　「目仔提過那早上的情況，但他站得遠，聽不清你和珍妮爹哋談什麼，」傑說：「他也不明白你們握手是什麼意思。」

　　音樂節的演出將會是珍妮和他們一起夾 Band 的大限，俊明簡要地對傑解釋，還有林先生的條件。

　　「珍妮知道嗎？」傑問。俊明今天才跟他講，傑卻沒有不滿

的神色，只能佩服他的冷靜和豁達。

「我不知道，她沒有提過。」俊明說：「也許林先生沒有告訴她。」

「為什麼不直接問她？她這幾個星期都有來練啊？」

「我沒有勇氣跟她講。」俊明老實說。

「就像你一直沒有膽量對我提這事嗎？」他嘴角泛起熟悉的一絲微笑，讓俊明想起每次他的部分炒粉時，傑那種令人釋懷的寬容。

「也許吧，我不知道怎樣開口，只能暫時當作沒有這回事。」俊明像在求助：「還有不到兩個月就是音樂節，我應該怎辦？」

「你會照珍妮爹哋的要求做嗎？」傑輕聲問：「音樂節之後不再找她？」

「不知道，我現在只希望那天沒有承諾他任何事情。」

「你當時可以不答應嗎？」

俊明搖頭。

「其實你可以一概不理，到時想怎樣便怎樣，管她爹哋幹嘛？」

「可以嗎？」

「為什麼不可以？你怕他去法庭告你，還是他會報警拉你？」

「不。」這點俊明倒很肯定。

「講過的話不算數，他又能把你怎樣？我看見太多答應了又反口的人了。他總不會找刀手劈你吧？」

俊明一向以為守信用是令人寬慰的好事，這時候他卻明白現實並不一定是那樣。

「我猜不會吧，他不是黑社會。」俊明話剛出口，隨即醒悟過來：「對不起，我無意這樣講。」

「算了。」傑搖頭，臉上閃過半絲苦笑：「我知道你不是那類人。」

「你明白便好，我不想講令你不高興的東西。」

「我不介意你說我什麼。」傑說：「我意思是你份人太認真，不是那些許下承諾之後，不當一回事的人。」

「是嗎？」俊明不肯定這是讚許還是批評。

傑嚴肅地點頭。

「其實令我更心煩的，是對珍妮的一個承諾。」俊明說。

「什麼？還有別的嗎？」

「她第一次來夾 Band 那天，我答應不會為她帶來麻煩，不會讓令她不開心的事情發生。」

傑深深地嘆了口氣。

「世間最大的煩惱，是答應人家自己做不到的事。你知道嗎？」傑說：「就像我阿爸曾經答應會好好照顧我們一家，但結果是他做不到。」

「作出了的承諾，我不知道怎麼才可以收回。」俊明說。

「你後悔自己作出的承諾嗎？」

俊明想了想，說：「不。」

「儘管是一個錯誤的承諾，你也會遵守，對嗎？」

俊明無言以對。

⚡ 貝麗的家

　　夕陽在長沙灣蘇屋邨的樓宇夾縫中照過來，俊明帶著木結他按珍妮給他的地址，走上陡坡的一座樓，找到一個在幽暗走廊末端的單位。

　　他隔著帶著銹跡的鐵閘拍打木門，有人開門並撥開殘舊的花布門簾。

　　「你果然準時。」一個年輕女孩打開鐵閘，一邊用毛巾擦拭濕漉漉的短髮。她臉上沒有往日濃濃的化妝，一時之間難以肯定就是貝麗，不過俊明憑她的話音知道沒有找錯。

　　「你坐一會吧。」她指指面前的四方桌，便跑出騎樓把大毛巾掛在吊在樓底的晾衣架，腳上的人字拖鞋啪啪地響：「珍妮還未到，你知道她是俗語講『北角對落：麗池（例遲）』。」

　　在這狹窄的空間，俊明手提的結他忽地變成無處容身的龐然大物。四方桌和在旁的幾張椅子都堆了報紙雜誌或雜物，他正在納罕怎樣安頓這樂器和自己。

　　「坐吧，不用怕醜，」貝麗坐下，爽朗地說：「我家很隨便，用不著太好禮。」

　　他好不容易找到靠牆一角擱下手上的結他，拉張小圓凳坐下。小小的桌面伸手可及對面，貝麗頭髮散發濕潤的香氣清楚可聞。

　　這屋邨單位進門是一張麻雀枱大小的四方餐桌，另一邊是張長沙發，一個人身高度的杯櫃連儲物櫃，像屏風般把丁方約一百平方英尺的面積分開兩半。櫃後面有張雙層碌架鋼床，上層拉上一行灰色布簾，下層疊好的被鋪上面是個織花漆器四方硬頭枕，

是沿用古老傳統的老人家常用的一種，枕邊斜放一葉黃褐色的枯乾葵扇。

床尾小衣櫥上面放滿照片架，前面一排看見的是一個婦人由少女到老年的黑白人生，彩色照片則是一個小女孩長大的片段，包括一張嬰孩俯臥在床上展開天真笑臉，露出粉白的小屁股，另一張是熟悉的貝麗和老婦在影樓的合照。

「這是我嫲嫲。」貝麗說，隨手把笑臉嬰孩的相片朝下扳倒：「牆上那張是我爺爺，很早便不在了。」

俊明這時才留意到藏在樓頂燈影下的黑白相片，掛在中央特別高的位置。一個穿五十年代的老西裝的中年男士，白襯衫配上幼長斜紋領帶，神情端正嚴肅，可以感覺到他在鏡頭前的拘束。

廚房就在隔著僅可側身行過的通道對面，一扇小鐵門外是個大概能站兩個人的小騎樓，浴室就在一角，公共屋邨單位差不多都像這樣子。屋子滿是一堆堆的物件和衣服，床邊地下排了一行時款鞋靴，色彩紛陳應該至少有八雙或十雙。

「你們上來夾歌，為什麼只有兩個人？其他人呢？」貝麗瞇上眼睛，像狡猾的小貓咪。

「這首是珍妮的新歌，要分開不同部分練合作。」俊明一本正經回答。

「珍妮懂得作曲，太棒了！」貝麗說：「我一點用也沒有，整天只想著扮靚。」

「女孩子扮靚沒有什麼不妥。」

「其實男人更喜歡扮這樣扮那樣，又要威又要有錢，就想要面子好看！」她咬牙說。

聽來像隨意的牢騷，俊明覺得貝麗似乎意有所指。

她想著認識的人嗎？他只能猜她也許想的是 Mike。

「你說不是嗎？」她不滿意俊明的沉默。

「像 Mike 這類人，是嗎？」俊明忽然大膽起來。

「這個人我早放棄了，不要講他。」她一臉不屑地說。

「大威又怎樣？」

「他跟 Mike 不一樣，沒那麼虛偽。」貝麗說：「他是對我比較好，也會關心我，不過我跟他沒有過電。」

「為什麼？他不是和你挺合得來嗎？」

「大威表面和心裡不一樣，你以為他喜歡的是我這樣的女孩嗎？」貝麗忽然聲音放得很輕，像在說給自己聽。

俊明點點頭但沒有回答。他不慣這樣討論別人，還是到此為止好了。

貝麗拿桌上瓷碟裡的花生劈啪剝殼吃著，隨手撥了一堆到俊明面前，兩眼迫視著他。

「我要告訴你，珍妮是我的好姊妹，你不要欺負她，知道嗎？」她一臉嚴肅，擱在桌上的兩手雙拳緊握。

「你在說什麼，我從來沒有欺負她。」俊明感到一陣很不友善的氣氛衝面而來。

「諒你也不敢。將來呢？」她兩拳輕輕敲打桌面像在迫供。

「將來也不會。」俊明希望煞停她不知那兒來的憤懣。

門外傳來打開鐵閘門扣的聲音，跟著木門輕敲了兩下。

貝麗跑去應門，一個穿長衫校服的女孩急步衝進。

珍妮戴著以前常用的黑框眼鏡，肩上掛著大帆布袋，手上還

捧著幾本書簿，一屁股坐下時仍在喘氣：「不好意思，老師臨時加個測驗，來遲了！」

「無所謂，他不趕時間。」俊明還未開口，貝麗已替他把話講完。

珍妮借用浴室關上門，片刻後出來已換上 T 裇牛仔褲，配上短髮一臉清新，雙唇還補上了一點淺淺嫣紅。

「拿你的結他和樂譜出來，我想和你夾一夾這段。」珍妮指了指她手上樂譜的一段，虛畫一圈。

這一段鋼琴和木結他合奏，光憑口講和樂譜，俊明還不太明白其中的意思。珍妮從儲物櫃找出一個兒童用的玩具鋼琴，把她的部分叮叮咚咚簡單地彈出來，居然和俊明的結他合成了些挺好聽的樂韻。

「我在這裡住的幾個星期，就是用這鋼琴作了半首曲。」珍妮說。

「這是我幼稚園時候嫲嫲買給我的玩具，我只懂亂敲亂打，但是我很喜歡它的聲音，不捨得丟掉，一聽見珍妮在彈，我便想起以前開心的日子。」貝麗的心情似乎放鬆了許多。

珍妮看看牆上的舊式掛鐘，提起精神又和俊明夾了一段。來回好幾次之後，再用簡譜抄了一份給他。

「你努力練熟些，下次大家可以試試全隊一起夾了。」珍妮抒了一口氣，不斷喃喃地說「拜託、拜託」。

不曉得再夾了多少次，主要是珍妮在俊明這段結他的中途加入，唱她的其中一段副歌。

「你也一起合唱這段好嗎？好像合唱比我 Solo 好聽一點，氣

氛好些，對嗎？」她轉頭問貝麗。

「合唱好聽些！你們一起合唱吧！」她的迫視眼光又來了。

雖然開始有些不習慣，但珍妮改動了部分編排，有點二重唱的形式，效果似乎又好些，就這樣這段副歌變成俊明和珍妮合唱了。

珍妮抬頭看鐘的次數愈來愈頻密，她終於說：「我要回家了。」

貝麗嚷肚子餓，他們到屋邨下面長沙灣道的一家麥當勞買晚餐，在巴士站旁的小公園找張大樹下的長椅並排坐下。高高的泛黃街燈和對面酒家的艷彩光管招牌，剛好照亮他們捧著的漢堡飽和薯條，不過貝麗總是有點別扭，兩手很快沾滿茄醬，為弄乾淨忙個不停。

「我由小到大都是笨手笨腳，不准笑！」她呶嘴下命令。

「不笑你！」珍妮還是忍不住笑得彎了腰。

「你很少吃這些快餐嗎？」俊明的好奇心又來了。

「平日晚上都是我嫲嫲煮飯，她說外面的味精不好，自己煮便宜許多。」貝麗說。

「你嫲嫲出院了嗎？」珍妮問。

「做完手術出了醫院，轉了去安老院，可能很久回不來了。」貝麗有點黯然：「以後很難有人煮飯給我吃了。」

「你可以自己煮嘛。」珍妮努力在鼓勵她。

「她的手勢很好，弄什麼都很好吃，我總學不會。」她似乎仍在回味。

「我要走了。」珍妮站起來宣布。

「你會再來看我嗎？」貝麗拉著珍妮：「你在我家的時候，

嫲嫲加上你一起陪伴我，我很多年沒有這麼開心了。」

「我一定會來，探你嫲嫲和你。」珍妮鄭重承諾，說會找入場券給貝麗去音樂節，貝麗一邊雀躍又一邊拭去面頰的淚珠。

貝麗說這是她的地頭，堅持自個兒走回家，兩個女孩不捨地拉手說再見。分手之前貝麗說已經很晚，下指示囑咐俊明送珍妮回家。

巴士站旁有間士多還未收舖，珍妮借用電話打回家。

「你爹哋媽咪會責怪你太晚嗎？」俊明問。

珍妮搖搖頭：「他們已經很少說這說那了。我有時晚了回家，或者外出時少了打電話給他們，但結果什麼也沒有發生。」

「家裡寧靜些不是更好嗎？」

「當然，不過起初還有點不習慣，進門的時候還在擔心。就像風雨過去的平靜，只想一切回復以前般。」

「會嗎？」

「不知道。」她的聲音幾乎被到站巴士的剎車蓋過。

俊明和珍妮上了架開出尖沙咀碼頭的 2 號巴士，差不多晚上十點，沒有幾個乘客上車。他們佔了下層一排長座位，俊明結他擱在膝上，盡量不擋著車廂通道。

「經過這些事，也會影響你嗎？」珍妮問。

「也許吧，我母親常常說：世事多變，每個人都要面對。但我總覺得自己不再像以前那樣了。」

「改變了什麼？」珍妮雙眼在閃動。

「以前我從來沒有什麼懷疑，現在不同了。」

「你懷疑些什麼？」

「很難說，或者沒有以前那麼肯定。」俊明找尋更貼切的話去形容，但卻想不到：「我總是相信我自己的想法，不會想其他。只要是我選擇去做，便不會顧慮自己，也不懂得顧慮別人。好像傑和我互不相識，他提議大家組樂隊，我覺得好便參加了。大家想有人玩電子琴，遇上你便找你來夾，但想不到會這樣。」

珍妮轉頭去看剛上車坐在對面座位的一個中年婦人。她用黑膠髮環把斑白的頭髮扣向腦後，皺紋滿臉帶著倦容，手拿個盛載了不同水果的透明膠袋，像是剛從酒樓或餐廳放工的阿嬸。車子開動顛簸一會，阿嬸垂下頭閉目休息。

「發生這些事情，你還害怕去夾 Band 嗎？」俊明問。

「怕我就不會來了。」

「你會怪我嗎？」俊明終於鼓起勇氣。

「你上次不是問過我同樣問題嗎？我的回答仍然是那樣。」

「上次你回答之後，發生了更多事情。」

「對，而且一次比一次更麻煩。」她堅定地說：「我告訴你：答案沒有變。」

「是嗎？希望你說真的。」

「我不騙你，只不過……」珍妮又在咬唇：「不過我有種感覺，有些事情不會跟以前一樣了。」

巴士等在交通燈前，對面的阿嬸像給腦裡校好的時計突然喚醒，匆匆按鐘急步走向下車的閘口。

俊明等待珍妮說下去。

「以前我只會想把每天的事情做好，交功課、考試拿高分，練好琴上台贏得掌聲，讓爹哋媽咪開心，便一切完美。所謂的『將

來』好像很遙遠，用不著去想。我面前有條平坦的路早已為我鋪好，像長滿了柔順青草的草地，我只要做足應該做的事情，赤著雙腳便可以輕鬆走過，沒有什麼需要煩惱……」

「但上次我去貝麗家裡住的那段日子，我發覺自己像是另外一個人。」珍妮繼續說：「我要跑去不同的世界才能透一口氣，因為我非常憤怒……」

「為什麼憤怒？」

「你——」珍妮迫視的眼神令俊明想起貝麗：「是因為你。」

「為什麼是我？」

「不是你做了什麼，而是我爹哋怎樣對你，特別是那次在大會堂你替公司送禮服來的晚上。我覺得很不對，因為我從來沒想過他可以這樣……」她的話像被截斷了，續不下去。

巴士停在另一個交通燈前的站頭，兩個乘客下了車，車廂空蕩蕩的，回復片刻安靜。

「這樣的……醜惡。」她終於找到了要說的話。

那天在鞋部貨倉林先生的神情像個謎團，現在多少被打開了。

「回到家，他說這樣做是要你知難而退，目的是保護我。」珍妮解釋謎團的另一半。

「保護你？他認為我對你不利嗎？」這種敵意令俊明感到茫然。

「他認為你想追我，一心要佔有我。他怕你得手之後，我不再聽家裡的話，他們會從此失去我。」

俊明搖頭，感到無話可講。

「任何人心存這種意圖，他都會不客氣對待，不是特別針對

你。」珍妮有點著急：「他是我爹哋，你不要恨他。」

「但我沒有啊！」他無奈地辯解。

「沒有什麼？」

俊明想回答說「什麼也沒有」，但又好像言之難盡。車窗外彌敦道的店舖和霓虹招牌一一往後飛逝，夾雜其中的新興唱片公司，喚起了他許多個晚上處身老唱片堆中流連忘返的記憶。

「我沒有像你爹哋所講，想要這樣、那樣……」俊明努力抑壓心裡的不平：「他這些想法從哪兒來的呢？」

「我相信你，但我說服不了爹哋。」她按著俊明的手：「他總是重複那句：知人口面不知心。」

從窩打老道開始上車的人愈來愈多，有些像是剛赴了飲宴的賓客，襯衫領口敞開外披著西裝，身上散發陣陣酒味，珍妮屏著氣低頭不說話。俊明把結他夾在雙膝間，讓出身邊的座位給別的乘客。

珍妮沉默了好一會，說：「以前我不會留意身邊其他的人或事，好像剛才下車的阿嬸，我現在會想她為什麼這麼晚才坐巴士，可能是辛苦工作一天才下班吧。她令我想起貝麗的嫲嫲，要進安老院一個人渡過人生餘下的日子。我將來到她的年紀時會怎樣？是不是也會這麼晚才坐巴士回家……」

對面一排長座位擠滿了幾個男人，興高彩烈談論贏了馬，派彩如何如何，跟著怎樣好好慶祝。幸好沒有多少個站，他們就在普慶戲院下了車。

車站對面是眾坊街，從街口郵局旁的大榕樹走進去，就是熱鬧的廟街夜市。

「我那是第一次來廟街，你帶我買了好些錄音帶，記得嗎？」珍妮指指那街口，她純純的笑容就跟那個晚上的一樣，還有她的驚奇、喜悅和快意，俊明多麼希望眼前的一切和當天沒有兩樣。

「我終於知道那首粵語版『雪姑七友』唱的是什麼了。」她看著俊明的眼神帶著得意又像責備，像是一個發現犯罪證據的偵探。

「肯定不是卡通片裡面的故事。」她把謎底揭開。

俊明深深吸一口氣，找不到話回應。

「我不怪你講大話。」她說：「其實你只是想保護我，但保護我和把我與世隔絕是兩碼子的事。這個世界太大了，有多少事我們可以完全控制呢？」

巴士在尖沙咀碼頭總站放下所有乘客，俊明還未到熟悉的三枝旗杆下，往中環的天星渡輪在響亮的哨子聲中開出。船身綠白兩色閃亮亮的油漆，投影了海運大廈還未熄滅的大塊霓虹商標。

「要等下一班船了。」珍妮兩手輕輕拍打海旁的欄柵，不像她以前總是憂心忡忡趕回家的樣子。

「你有沒有想過我們這隊 Band 可以夾到什麼時候？」她拋來一個問題。

「不知道。其實我從來沒有想過。」

「你希望可以繼續多久？」

「至少到音樂節吧。」俊明勉強回應。

「之後呢？」

俊明和傑念的中六是中學最後的時光，跟著的大學入學試會決定他將來的出路，傑已經講明不會加入這場搏鬥。目仔再考中學會考，要過了這個關口，才知道人生下一步可以怎麼走。

「你和彼得不是跟著升中七，準備明年的 A Level 考試嗎？」
俊明問。

彼得說過家裡計劃移民，所以眼前一切都可能是暫時的事情。
「爹哋督促我明年一定要考上 HKU，但聽聞他又想我去英國
升學。」她特別強調「聽聞」這詞。

「你只能猜將來會怎樣安排嗎？」俊明有點奇怪。

「他沒有跟我講，我也沒有問。」

無論怎樣，日子很快會跟以前不一樣，樂隊的命運只能排在
這許多未知數的末段。俊明恐怕和林先生的協定，會是珍妮消失
的期限。

如果他當這協定是一回事的話。

傑講過人可以選擇答應了到時不算數，但他又說俊明不是那
類人，聽起來像在指出他有很愚蠢的缺點。

俊明老想不通，林先生為什麼提出這該死的古怪條件？他可
以運用作為嚴父的權力，禁止珍妮再跟他們一起，這不是更乾脆
嗎？

傑答應不會向任何人提這協定，彼得和目仔當時也聽不清
楚，珍妮方面只視乎林先生有沒有告訴她，但俊明鼓不起勇氣問。

海邊晚風習習吹動頭上的旗幟，俊明脫下藍棉布牛仔外套披
在珍妮肩上，她的身軀也靠得更近，他輕吻她秀髮。

珍妮抬起臉仰視著俊明，但他剛看清她閃亮的眼眸之際，她
已低下頭，凝望海面微微翻動的波濤。

「有船到了。」珍妮把外套遞回給俊明。

渡輪水手熟練地把手臂般粗的繫纜綁緊，下船的乘客沒有幾個，哨子聲很快再次響起。

「星期六見。」珍妮整理掛在肩上的大布袋，在收銀員面前的小窗口放下硬幣，匆匆踏進閘門時回頭留下甜甜微笑，但俊明感到藏在她眼神裡的並不是快樂。

⚡ 客串演出

　　俊明幾個人關在 Band 房練習，開始覺得有點呆板，Benny 叔叔提議他們在酒店的咖啡廳客串演出幾晚，增加上台的經驗，不要在出賽時太緊張發「台瘟」不知所措。

　　「人家本身有駐場的職業樂隊，你們填補他們小息的空檔，幾首歌也可以，唱完還不會很晚回家，沒有什麼壓力。」他說。

　　第一個跳起來反對的是珍妮，她可能讓上次在酒廊碰上花襯衫人客的事情嚇壞了，一聽見便像碰到猛獸般擺手搖頭。

　　「冷靜一下想想，世界上有很多不同的觀眾，難道以後你們再不敢在別人面前演出嗎？」Benny 叔叔說：「在哪裡跌倒，就要在哪裡站起來。」

　　他說這地方的人客比較斯文，經理也是他的老朋友，管理很有辦法，不用太擔心。

　　「你會來嗎？」傑輕聲問珍妮：「你不想的話，不要勉強。」

　　「我應該去嗎？」珍妮突然轉過頭問俊明。

　　「我不能代你決定。」俊明有點遲疑。

　　「你會去，是嗎？」她像代俊明回答。

　　他點頭。

　　「你不怕嗎？」

　　他搖頭。

　　「你不怕，我也不怕。」珍妮挺直身子，忽然像渾身有勁。

　　「遇上問題就退縮似乎太沒用了。」彼得和目仔異口同聲說。

　　「還是你好嘢。」趁珍妮不注意，傑低聲在俊明耳邊說。

音樂節舉行還有三個星期，俊明他們跟 Benny 叔叔星期五傍晚去了尖沙咀一間經營頗有歷史的酒店準備演出，主要是填補一下當晚主打歌手晚餐時段登台前的空檔，他們負責的演出不到一小時。駐場大樂隊表演的時段深夜才開始，這個交替的時候人客也不太多。

酒店不很大，陳設古老的咖啡廳滿有歐陸情調，柔和燈光配上田園風味濃厚的絨布桌椅，一邊是向著維港的落地大玻璃窗幕。台上有兩男一女的歌手組合在唱六十年代流行的歌曲，其中一首 Seekers 輕快的 *Georgi Girl*，帶俊明回到初中在校園抱著木結他，一班同學捧著厚厚的 Sing Along 歌集合唱的時光。

歌聲未結束之前，人客喁喁細語或在靜靜聽著。

「你來過這裡嗎？」彼得問目仔。

「消費這樣昂貴的地方，我怎會來？」目仔斜著眼回答：「你呢？」

「好像沒有……」彼得的聲音隱若僅可聽見。

Benny 叔叔和酒店的經理像很熟，一見面便熱情握手。

經理是大概四十來歲的外國男士，寶藍色西裝和領口打開的雪白襯衫，友善地和他們打招呼。他的英語簡單直接，自道來自美國加州，多謝 Benny 經常介紹歌手樂隊給他，最後問清楚俊明他們是否都滿十八歲。

「很好！」經理離開前和他們一一握手，祝他們演出成功。

民歌組合完成一曲 *Our Last Song Together* 後鞠躬下台，得到不少的掌聲。

差不多輪到他們上台了。大家準備好自己的樂器坐在一旁等

待，各人看來都比前上台前從容許多，靜靜地安坐等待著。

民歌組合在不遠經過，跟他們禮貌地打招呼，珍妮突然跑過去拉住主唱的女孩，兩人很興奮地談了幾句。

「她是早我兩屆的師姐，那時是學校合唱團的主音，在校際音樂節很出風頭呢，想不到會在這裡碰見。她現在念港大，和同學出來唱歌賺外快。」珍妮回來興奮地講這偶遇，似乎心情放鬆不少。

這晚他們唱了幾首，主要是比較中和以至慢拍子的歌，像 *It Never Rains in Southern California*、*Soldier of Fortune*、*Desperado* 和 *Reflections of My Life*。最後一首是玩主要以樂器為主的 *Oye Cuomo Va*，兩對比他們年紀大些的男女乘興跑到台下小舞池，跟著 Cha Cha 節奏搖擺起舞，本來靜靜坐著的人客也拍手助興，為咖啡廳增添意想不到的生氣。

傑和彼得一向喜歡節奏強勁的搖滾樂曲，充分發揮他們的力度，平日玩慢歌有時會流露不耐煩的悶蛋神色。不過他們今晚似乎比以前投入，有著眼掌握些細緻的地方，享受音樂帶來的感覺，也更能留意歌唱和別人樂器的部分，大家更加合拍。

珍妮開始的時候老是低著頭，像在避開注視著舞台的目光。第一首曲之後，她抬起頭的時間多了，逐漸回復她比較輕鬆自然的一面。她在自己的鍵琴部分，久不久來些他們所稱的「花款」——即興的小變奏，不時更露出開心笑容。

走下表演台，Benny 叔叔說酒店經理對氣氛活潑起來感到高興，希望他們可以再來表演。

「你們通過考試了。」Benny 叔叔笑的時候，唇上和頷下的

鬍子飄動著。

有個侍應捧著銀盤子走到俊明面前，奉上一杯紅酒。

「有人客多謝你今晚唱了好聽的歌。」他望向台下側邊坐了三個年輕女孩的桌子，她們向他拿起手上的酒杯示意。

俊明一時不知所措，只想到客氣地對她們點頭微笑。

「先生，你的酒。」侍應將盤子端近俊明面前。

身旁的珍妮突然一手拿走了酒杯，爽快地喝了一口，舉杯回敬那桌女孩，她們的笑容霍地變成愕然。

「這位先生不喝酒，我代表他多謝了。」珍妮的神情無比嚴肅，把酒杯放回銀盤，侍應知趣退下。

珍妮回到鍵琴取回樂譜，沒有看俊明一眼，像什麼也沒發生過。彼得和目仔都看到這一幕，側身向著俊明偷笑。

大家收拾好樂器出門，Benny 叔叔拉住他們找個背景拍了張合照。駐場樂隊來到，和 Benny 叔叔熱情招呼。他們都來自菲律賓，以香港為家，領班是 Benny 叔叔年輕時的隊友。

「我今晚不用搭船過海。」珍妮的臉色泛紅低聲跟我說，俊明懷疑她有醉意，不然怕是他聽錯了。

酒店大堂穿鑲閃亮金邊制服的看門人，有禮地為他們打開落地玻璃門。一輛眼熟的黑色房車停在噴水池旁，司機打開後座車門。

「拜拜！下次見！」珍妮上車前跟他們揮手，房車開出酒店前庭駛向大街。

傑和俊明幾個都家住九龍，漫步走向碼頭旁的巴士總站。

「幾年前海底隧道開通之後多方便，可以不坐小輪過海了。」

彼得說。

「如果家裡有車才真正方便。」目仔回了一句。

「你總是拗頸。」彼得笑著拍打目仔的腦袋，目仔作勢要和他對打，兩人在路上嬉戲追逐，拿手上的結他盒做擋盾，碰到了又心痛不已。

傑想叫停彼得和目仔，俊明按一下傑的肩膀，示意不要阻止他們。

「你喜歡珍妮？」傑劈頭向俊明拋來一句。

「應該是吧。」海邊涼風襲人，俊明深吸口氣。

「她對你有意嗎？」傑通常不拐彎。

「不肯定。」

「你這麼久也看不出來嗎？」傑慣見的冷冷笑容又來了。

俊明答不上。

「你向她表示過嗎？」

「我不知道怎麼說出來。」俊明嘆氣。

「不懂怎麼講，也可以行動表示。」

「從未試過，不知道怎樣說，也不曉應該怎麼樣做。」

「這樣又的確差勁些。」傑似在表示同情。

「你和貝麗呢？」俊明抓到反擊的機會。

「我跟她講了。」

「講什麼？」

「我喜歡她。」傑眼裡顯現神采。

「是嗎？你這樣跟她講？」俊明一向以為這樣坦白會招來彌天大禍：「貝麗怎樣答你？」

「她說……」傑抒了口氣，平淡地說：「她也挺喜歡我。」

「什麼？就這樣簡單？」俊明難以置信。

「就是這樣。」傑臉上冷冷的微笑又出現：「你認為應該有多複雜嗎？」

「就這樣？」俊明不容易吐出這一句：「你承認你們在談戀愛了？」

「談戀愛這說法太文藝了，我不懂。」傑不改淡然神色：「我們算是在拍拖了，有什麼不妥嗎？」

「沒有……當然沒有。」俊明趕緊回答。

傑笑了笑，說去廣東道坐小巴。俊明把他拉住。

「你怎知道貝麗不會一口拒絕你，不怕一盤冷水潑過來？」

「我當然不知道，女孩的心誰能清楚？」傑聳聳肩：「我怎樣想便怎樣說，她再不高興相信也不會拿刀劈我，沒什麼好怕的。」

傑的身影在仍然明亮的中藝光管招牌下逐漸遠去，他背包上露出的一對鼓棍隨步伐節奏晃動。俊明羨慕他心底的真摯，還有他所欠缺的勇氣。

這時分尖沙咀附近的商店多已關門，巴士總站周圍沒幾個人，彼得和目仔在鐘樓前面肆無忌憚地來回奔跑追逐，嬉笑和咒罵聲衝擊著拍岸波濤的有序節奏。

海運大廈的燈光不改地照亮碼頭旁的旗杆，俊明和珍妮曾經在這裡倚著圍欄，看渡海小輪一艘接一艘與碼頭數不清的離離合合。

彼得和目仔氣喘喘往回跑，向俊明揮揮手便分別跳上開往九龍城和觀塘的巴士。

俊明沒有踏上面前即將開出的尾班車，轉身走向彌敦道的起點，想沿這條貫通九龍南端的幹綫，漫步走回旺角的家，看看日間繁忙不已的大道在夜闌人靜的時刻會怎樣。

＊＊＊＊＊

這幾個星期六因為練習沒有上班，星期一是公眾假期，部長預期顧客多，臨時加了俊明一天的班，正好賺點外快，湊足月尾買二手低音結他的最後一期欠款。雖然這低音結他現在由目仔用，而俊明用屬於他的 Telecaster，但這宗由傑介紹的買賣好歹不能拖欠。

「看到你們樂隊的照片啦！」劉姑娘一見面就笑著對俊明說：「幾個年輕人很有型呢！」

她在公司旁邊一個地盤外，看到十幾張在圍板上貼成三行的海報，上面是即將舉行的「全港青年音樂節」的宣傳資料，印了好些參賽隊伍的相片。

「有張糊得很鬆掉在地上，我順手撿起來帶回公司。」劉姑娘打開貨倉門，得意地指著貼在門後的海報。上面有近十隊人的相片，圍繞印在中央的演出日期和時間。

「這隊人都是爆炸髮型，樣子很『飛仔』，名叫什麼……Rocky Road？」劉姑娘有點老花，拿下眼鏡才看見印得細小的英文字。這是俊明第一次看到音樂節的海報，其實在不太久之前，他根本未聽聞過玩 Band 或青年音樂節的事情。

「這隊有男有女，名字是『野草莓』。為什麼男仔的頭髮都

那麼長？」她一隊接一隊品評：「這女孩的迷你裙太短了。」

「我經過地盤也看到了海報。」部長也來湊熱鬧：「這隊是你們五個人？站中間的女孩很靚女呢！」

他們那張就是酒店演出後 Benny 叔叔拍下的，照片裡傑染了金毛，兩手插褲袋冷眼迫視鏡頭，目仔一頭亂草似的頭髮張大口笑著，黑 T 恤胸前印個嚇人的特大骷髏頭，彼得身穿時興的閃亮布料緊身襯衫，胸口三顆鈕扣全打開，一身藍色粗布牛仔衫褲交叉手臂板著面孔站著的是俊明，幾個粗野男孩突顯中央短髮白布長裙的珍妮，她輕鬆和藹的笑臉像個天使。

「這樣斯文的女孩會去打 Band？很少有吧！」劉姑娘在質疑。

「她的確有些特別。」俊明和應。

「你們有沒有帶壞她？」她豎起手指點點俊明胸前，像在告誡不聽話的小孩。

「沒有！」俊明馬上為自己分辯：「絕對沒有！」

「沒有就最好啦！」劉姑娘給他一個不屑的表情。她有兩個在念中學的女兒，常說年輕一代愛反叛，天天和她駁嘴把她氣得要吐血。

眾人走開後，張部長拉俊明一旁：「上次來找你那位先生，是老闆的朋友，你跟他熟嗎？」

「不熟。」

「是嗎？他和應該是他太太幾天前曾經一齊來逛，借些意問及有關你的事情。老闆曾經帶他們來過，我免不了要招呼兩句。」

「他問及我？」俊明感到意外：「沒有麻煩你吧？」

「沒有，他很客氣。」

「問些什麼？」俊明滿腔疑惑。

「似乎他很關心你的為人，諸如老不老實、上班是否守規矩，又問有沒有『飛仔』朋友找你等等……」張部長把林先生提的問題一一數著。

「你有答他嗎？」

「我說你半工讀減輕家裡負擔，做事爽快老實，是少有的勤奮青年。」他笑著拍了拍俊明肩膀：「我份人就是這樣，實話實說。」

「謝謝你。」他感激張部長，也納悶林先生和林太的來意。

「他知道你有玩樂隊，問你的隊友是什麼人，但我一概答不了他。」他繼續說：「他為什麼對你的樂隊這樣感興趣？」

「他是我們一位隊員的父親，就是中間那個女孩。」張部長是坦誠的人，俊明不怕直說。

張部長細看相片，嘆道：「原來如此，難怪了。」

忙碌招呼了幾個顧客之後，俊明趁片刻空閒細看貼在門後的海報，在這裡他看到自己，還有屬於他們這個年代許多的不同面孔。

♪ 告別‧音樂節

　　新界地區的清早特別顯得空曠而寧靜。今晚便是俊明他們期待已久的青年音樂節，原本準備上午去樂室做最後的練習，但晨光中的這刻，他們卻老遠跑到沙田郊區這小山嶺的一角，這是他們從來沒有想到要來的地方。

　　昨晚傑在電話中告訴俊明，數週之前大威發生車禍進了醫院。

　　「他傷勢很重，只捱了幾天。」傑的語氣如常地冷靜，他說大威的谷巴仔在大埔新娘潭的一個彎角失控。

　　「Benny 叔叔說，明早他上山了。我想了一整晚，是不是要去送他。」他說：「我一個人去也就成，你們用不著一起去，不過我覺得我應該通知你們一聲。」

　　傑說他會坐清早第一班火車，之後儘快在中午時分趕回中環。掛了電話之後，俊明呆了不知多久，模糊的思緒中跳出了許多大威的身影和說話。清晨醒來時，還很懷疑是否傑昨晚真的打電話來，聽到的消息其實是他疲累之下的幻想。

　　他把冷水潑向臉上，清醒過來決定趕到尖沙咀的火車總站和傑會合，發現彼得和目仔都在。

　　踏出的士車門，一陣山野青草氣味撲鼻而來，老實告訴他不是處身夢幻之境。他們跟在十來個人的隊伍後面，來送年輕的大威最後一程。

　　不肯定為什麼要來的除了俊明自己，相信還有彼得和目仔。大威和他們並不太熟，大家只感覺到對音樂有很相同的熱愛，但似乎光是這一樣便足夠了。

祭奠台在小小的靈堂一端，中央擺上一幅大威的黑白照，他仍然是及肩的捲曲長髮，爽朗的笑容，與俊明記憶中上次在電梯門關上之前的模樣相若。

　　他們上前行禮的時候，飄來陣陣燃燒中的線香氣味，俊明想起大威身上少不了的汽油味道，還有他經常散發出來的一股撼動人心的力量。

　　然而大威此刻已沉睡在黃褐色的棺木裡，他像火焰般熾熱的生命已成為過去。

　　「白頭人不送黑頭人，大威的父母沒來，由他的大哥打點一切，」傑說。

　　穿白衣黑褲的中年漢子相信是大威的長兄，在穿唐裝長衫的堂倌協助下，肅穆地上香和回禮。前面兩三排坐的人不多，有兩個男人像是車房的技工，還有幾個穿黑衫或深色 T 恤的年輕人，看頭髮的式樣應該是大威玩 Band 的伙伴。家屬那排座椅除了他的大哥外其餘都空著，有個嬸嬸在旁將一把把衣紙冥鏹送進燃燒中的小火盆。

　　簡短的儀式差不多結束時，兩個人影匆匆走進門口。

　　「她們也來了？」目仔自言自語。手掩著口鼻的貝麗臉帶淚痕，腳步有點踉蹌，讓旁邊的珍妮攙扶上前行了禮後，兩人坐在後排的座位。

　　「我們走吧。」傑輕聲說。

　　出門之前，珍妮從她肩掛的大袋抽出一束黃色玫瑰花，回身放在大威的的相片前面，這舉動引起了旁人的一陣低首議論。

　　「這是代表貝麗和我。」她抹去垂下的淚珠低聲說，沒有理

會別人的眼光。

　　她媽咪說過有長髮青年曾經把花簇送到家門，但工人最後還是把花丟棄在閘口外。

　　「你下午會來大會堂嗎？」傑問珍妮。

　　珍妮把一直沉默不語的貝麗扶上的士，在關上車門前說了一句：「你們要等我。」

　　「我們會等你。」傑鄭重說。

*****

　　初夏的太陽掛在西環上空快到掉到海邊，俊明幾個人走出大會堂外面，在碼頭邊找個欄柵或鐵躉坐著。

　　「珍妮在哪裡？為什麼還未出現？」目仔焦急講個不停。

　　「不必擔心，她不會失場。」傑燃亮香煙。

　　「剛才算是最後綵排嗎？好像很隨便，我只知道大概站的位置、電結他插哪裡，還未看清楚 Tune 音，便要下來讓另一隊上去了。」彼得拍拍手拿的結他盒。

　　大會要他們下午四點來做準備，等了一個多小時，輪到上台只有不到十分鐘時間，聽燈光和音響人員的指示在台上站位和試咪，還有許多年輕的場務助理跑來跑去，都是 Benny 叔叔臨時找來在他帶領下義務幫忙。

　　俊明想起珍妮在這裡演出音樂會的那個晚上，後台也是人來人往的忙亂，不同的是今天台上和下邊一堆堆的年輕人，各種時髦新潮的款式並列，不同髮型和顏色幾乎說得出都找得到，踏著

尖頭皮鞋或鬆糕鞋，老是坐不安席大呼小叫。Benny 叔叔滿頭汗水，有時要大聲吆喝才令場面稍為安靜片刻。

「都還是小孩子。」Benny 叔叔搖頭苦笑。

他知道大威的事情，但這兩天他在會場著實跑不開。

「我為他祈禱，上帝會讓他安息。」他帶著哀傷說。

輪到俊明一隊人綵排的一刻，珍妮還未出現。俊明在大堂的公眾電話間打給宏基，他除了說不知道外也幫不上忙，他們只好有不齊人也得上台的心理準備。

Benny 叔叔跑來問情況，冷靜說了句：「你們演練得很好，準備足夠我相信她會出現，不要擔心。」

俊明希望也像 Benny 叔叔那樣對人充滿信心，但他此刻只能坐在碼頭邊的鐵躉，腦子裡一片茫然。

夕陽西下維港染成一片金黃，一艘艘小輪靠岸又揚長開走。

有兩個人影背著刺眼陽光走過來，他們屏息呼吸等待模糊的身影走近。

「對不起，我又遲了。」珍妮的語音傳來，目仔長長抒了口氣。

「我們進去吧！」傑說。

珍妮低著頭眼角濕潤，像曾經和眼淚掙扎，讓身旁的貝麗半攙扶著。她推開貝麗的手，逕自無力地走向大會堂的入口，空洞的眼神像沒有看到俊明。

「她爹哋要來看她演出，珍妮堅決反對，爭吵了一場。」貝麗趁珍妮走開之後說：「我本來約她在中環碼頭會合再一起過來，結果我等了許久她才出現。」

「為什麼不想她爹哋來？來了又怎樣？」彼得不解。

「他在場會令她太緊張。」

「不喜歡又怎樣，我媽也覺得玩 Band 令我讀書成績差，我不理也就算了。」目仔說。

俊明直覺告訴他問題應該比這個更麻煩，但演出即將開始，他不能想別的。

大會堂低座大堂已到處是人，不少明顯是「Band 友」打扮的男女，裝扮新潮時髦，但更多是年紀二十歲上下沒有驚人打扮的年輕人。今晚音樂節請來了幾隊現時挺出名的樂隊和歌手，他們有些是競賽部分的評判，在參賽樂隊演出之後，他們也會上台一顯身手，是今晚的壓軸表演，聽說門票已賣光。有幾位剛下車進場的時候，引來大堆大呼小叫的擁躉在前後擠擁，新聞記者的攝影機閃光燈連環照亮大堂內外。

「好大陣仗啊！」目仔幾乎被撞倒。

遇上這樣的場面，他們只能呆站在通道旁，讓洶湧的人潮湧過。

珍妮帶領轉了幾彎，通過沒有標誌的門廊，繞過聚集的人堆進了後台。

「你怎會這樣熟路？」彼得好奇，但珍妮笑而不語。

Benny 叔叔催促下，他們準備好自己的樂器，珍妮走上台仔細端詳了成堆的層層鍵盤。她跟設置器材的琴行交談好一會，在特別通融下，她以極快的速度弄清楚音色配置，臉上已找不到剛才的低落神情。

音樂廳大門打開，很快座位便坐滿了觀眾。知名的音樂人陸續填補上前面預留的幾行，後面的擁躉各為自己支持的歌手或樂

隊呼喊，氣氛逐漸熾熱。

　　大會司儀宣布音樂節演出開始，介紹競賽樂隊和演出嘉賓，掌聲和喝彩此起彼落。參賽的十支隊伍在後台，等待指示逐一出台演出，有些穿整套劃一的服飾，也有些以平日的裝扮出現，他們的樣子就和海報上的相片差不多，不同的是珍妮穿了色彩奪目的長裙，吊帶背心露出潔白的雙臂，還有兩耳下面搖擺閃亮的大圓環。

　　「這是貝麗的主意。」珍妮說。

　　前面有五隊組合，他們剛好排在出場序的中間位置，前面一隊四個人都鬈曲長髮披肩，看台型明顯是重型搖滾的人馬，玩的是 Led Zeppelin 的硬搖滾東西。

　　完成演出的第一組樂隊在掌聲中退下，鑽出後台邊的黑布幕夾縫經過他們身邊，個個都大汗淋漓，似乎剛打完一場吃力的博擊。

　　俊明想起大威曾經說過，他一直渴望今晚把他拿手的那首 *Stairway to Heaven* 出名難玩的結他部分玩個淋漓盡致，讓所有人都折服他的功夫。

　　大威期望在表演台上發出他生命的光芒，然而他已經長久地安靜入睡，這令俊明突然覺得並自己一向背負的不幸和失落已經不再重要。此刻他享有大威渴望而不能復得的機會，自己再為人生任何殘缺而哀傷已變得毫無意義。

　　「我的心快跳出來了，你們有沒有我那樣緊張？」目仔手按著心口在喘氣。

　　「還未輪到我們呢！」彼得故作輕鬆：「記著不要發台瘟，

更別在台上暈倒。」

「沒有那麼嚴重，你不用擔心。」目仔拍拍胸口。

傑把手指放在唇上，示意大家安靜。

「你緊張嗎？」俊明低聲問珍妮，她太安靜了。

她幽幽地看了他一眼，沒有答腔。

「沒有什麼問題吧？」

「請你不要跟我講話，在這刻我不想受任何事情影響。」她扭過頭，視線集中台上。

「但好像有些事情已在影響你。」俊明說。

珍妮凝視前面，但似乎看見一片空洞。

「是不是今天的演出之後，你便不會再找我？請你回答我。」她清楚吐出這問題的每一個字。

俊明只能沉默。

突然她掩著臉離開了等待上台樂隊的行列，跑向後台深處。

「什麼事？」彼得和目仔不約而同地驚訝。

「珍妮去哪兒？」傑皺著眉。

「搞什麼？怯場走了嗎？」後面在等候的樂隊有成員留意到這一幕，換來彼得怒目而視。

「可能上洗手間吧。還有幾隊人才輪到我們。」傑冷靜地向彼得和目仔示意：「不用太緊張。」

「俊明，你去看看珍妮怎麼了。」傑若無其事般接過俊明手上的結他，眼神裡的話卻像「你還不快點去擺平」。

通向後面出口的通道很眼熟，俊明直覺會在紅色指示牌下的閘門外找到珍妮。

她在花園小涼亭的長椅上垂頭坐著，秀髮遮掩臉龐兩邊，像全然不覺俊明走到她面前。

「你為什麼答應我爹哋的條件，以後不會再找我，不要我和你們夾 Band？」珍妮抬起頭迫視著俊明，臉上滿是淚痕。

雖然明知這一刻遲早到來，但仍然是像俊明在心頭引爆一枚炸彈。

「我並不願意這樣，但我不想你夾在樂隊和你爹哋之間，這對你太辛苦了。」

「你以為這樣我會快樂嗎？」

「不，但我沒有其他辦法。你離開家庭，離開了你的父母，一個人毫無依靠地走了出去，我完全不知道，直至你爹哋來到我公司。他和林太很擔心你是否安全，又說替你安排了美好將來，想我幫手找你回家。我帶你走到這裡，出了事卻沒有一絲一毫的能力幫你。」

「我不是對你說過，這不是你的錯嗎？」她眼神不再那麼冰冷。

「你是這樣說，但我還是很抱歉。你要憤恨我，我願意承受，這事跟樂隊其他人無關，你不要怪他們。」

「你和我爹哋做這個什麼協議，像為了參加音樂節而在背後把我做籌碼，令我太失望了。」

「參不參加音樂節，其實對我並不那麼了不起。我最開心的是大家夾 Band，有你一起，令我更期望每個星期六下午快些到來，對我這才是最重要。」

「你是口不對心。」她手指直戳俊明胸口。

「對，我是口不對心。我覺得 Dr. Lam 和林太都很愛錫你，但又不能接受你和我們這群『飛仔』樂隊走在一起，這裡面像有個很大卻填補不了的缺口，這是我無能力改變的現實。但是，我不想放棄你，並不是為了音樂節的比賽，甚至也不因為我們的樂隊……」

「你還有什麼理由？」她站起來迫問。

「因為你，我只希望留下你在我身旁，那怕只能有一天便一天。我答應你爹哋，因為至少可以再見到你，儘管只能到音樂節那天。」

俊明無辦法再等待下一秒鐘，將珍妮擁入懷中，感受她身子的柔軟和溫暖。空氣凝聚的感覺只維持短暫的一剎那，他渴望抓緊這片刻的永恆。

兩人良久相視無言，珍妮輕聲問：「音樂節今晚便過去了，那以後呢？」

「我不知道以後會怎樣，我甚至說不出我還可以玩音樂有多久。」

「那至少……我們還有眼前這刻在一起，直至演出結束之前，沒有人可以阻止我們。對嗎？」她眼裡重現神采，俊明感到一絲暖和從兩人緊握的雙手直透胸膛。

「我希望生命的每天都有你，如果這只是狂想，那即使只有這一刻，我也不想放棄。」

珍妮凝視著俊明，像在細想什麼。

鋼門隆然打開，氣喘吁吁的目仔推門而出。

「你兩位還得閒聊天嗎？快輪到我們了！」

珍妮站直身子，拉著俊明的手說：「就為了屬於我們的這一刻吧！」

看見俊明和珍妮回到等候出台的行列，繃緊的傑和彼得立刻鬆弛下來。排在他們前面的搖滾組合在掌聲中走出台前，主音結他和主唱是一隊高大長髮的陌生男孩。他們玩的是 *Stairway to Heaven*，演出非常有水準，前面一段很幽怨的段落，對比後半段爆裂的音樂衝擊整個演奏廳。

「這不是大威的主打歌嗎？」珍妮在俊明耳邊說。

俊明輕輕點頭，但沒有回答。他知道這刻很重要，不想再捲入更多的傷感之中。

「我們明白什麼事，忘記這些煩惱！大家一會兒專心做好便成！」彼得手按俊明的肩膀，充滿了誠懇。

Benny 叔叔帶著慈祥的笑容端詳他們，匆匆走過。

「我們參賽部分玩 *Reflections of My Life*，現在是否也演出自創歌曲的部分？」傑拉大家一起：「珍妮你想不想唱你的新歌？我們趁現在還可以通知 Benny 叔叔報幕時修改，只唱一首……」

「我們也玩新歌！」珍妮咬咬唇：「用不著改了。」

「你肯定？」傑不想存有懷疑。

「肯定。」珍妮回復天使般的笑臉。

「這首新曲也練得很熟了，大家有沒有問題？」傑環視各人，他想要多重保證。

「沒有問題！」彼得、目仔和俊明語氣堅定。

「好！」傑顯露笑容：「無論怎樣，就在今晚了！」

Benny 叔叔報幕，簡單地介紹下一隊是「Purple Rock」，屬

於他們的一刻終於來臨。

　　台上演出兩首歌曲其實十分鐘不到，卻像在一陣旋風中度過了永恆的時光。

　　節奏中和的 *Reflections of My Life* 幾乎完美，俊明唱這首歌已數不清多少次，但從來沒有比今晚的感覺那麼強烈。傑的擂鼓部分像密不透風，全程擔起節拍的骨幹，和目仔的低音結他融合著，珍妮的鍵琴由頭到尾鋪陳優美的旋律，彼得在中段的主音結他獨奏更是韻味雋永。

　　大家的和聲合唱可以說從未有過那樣和諧，歌曲完結那刻，俊明忽地想到說不定這是他們最後一次把這首歌如此美好地演出。

　　Benny 叔叔介紹下一首是自創歌曲的組別，當他讀出中文歌名之後，台下的掌聲夾雜著議論紛紛。

　　珍妮從單純的琴音開始，引入個人獨唱：

「凝望著

寂寞的天空

沉默是

無言的安靜

送不走不安靜的心

放不下未曾實現的美夢

尋找自在的自我

自由的翱翔

永不停歇的飛鳥

永不平靜的浪聲

奔向無邊的海洋

告別這美麗的海港

尋找不再寂寞的天空

幸運給我一吻

今天的機會有你同行

知道再難相遇

明知不會相遇

也知道抹不去一切回憶

但相約總會有一天

我們縱使分開千里

亦會一起凝望

這遠在星河

不再寂寞的天空……」

　　跟著整隊人各種樂器一一加入，氣氛逐漸澎湃，音樂的格調由幽怨古典轉型至接近搖滾的激動，像剛離巢的小鳥心存猶豫之際拍動翅膀，遇上環繞不棄的雁群作伴，在艷陽下衝向風雷未知的雲霄。

　　可能歌詞比較容易讓觀眾聽懂，現場的氣氛似乎受到歌曲的含意帶領，從一片專注安靜到隨節拍身子擺動，臉容反映受了曲子裡哀傷與快樂的感染，這些他們看在眼裡，玩奏和唱得也更為投入。

演出完畢到大家手牽手謝幕，像在雲霧中走過。那刻還沐浴在舞台中央的耀眼燈光之下，一轉眼便回到後台黑布簾幕外的幽暗角落，掌聲送別他們後再次響起，不過是迎接另一隊組合踏進舞台。俊明五個人共度了其實不到十分鐘光景，卻似並肩翻越了人生的山嶺，在如釋重負的歡笑中忘形地擁作一團，像慶幸一起無恙歸來。

　　「今晚的演出是你們最棒的一次！」Benny 叔叔拍拍大家的肩膀，囑咐留下等候宣布比賽結果和頒獎禮。

　　「你這麼年輕便有這樣好的作品很難得。」他對珍妮說。

　　「大家合拍才有這樣的成績。」珍妮的謙遜難掩她心底喜悅。

　　「我也覺得很好聽。」目仔像仍有點陶醉。

　　「你也懂得欣賞好歌，有進步了！」彼得搭著目仔肩膊。

　　貝麗跑過來從後面熊抱式攬住傑，跟著緊緊地擁著珍妮好一會，跟著拉拉目仔和彼得的手但沒有擁抱，讓兩個伸開雙手的男孩期待落了空。

　　「你們太棒了！」貝麗雀躍著。

　　傑露出罕見的笑容，是舒暢和寬懷的笑臉。

　　大會安排的出場次序大概看出各隊人馬的實力，最後幾隊的成員年紀都起碼二十歲出頭，技術和台型都比俊明他們成熟許多，淡定而又自信。節目表上明高樂隊是競賽組最後出場的一隊，Mike 的組合倒數第三上台，玩的是他曾經找珍妮幫忙演出的 *Highway Star*。

　　「今晚真正『撼 Band』的時刻到了。」彼得說。他和目仔努力擠進塞滿台邊簾幕後的人堆。

傑示意他要往外面抽煙，和貝麗手拖手走開。

「你的偶像樂隊快出場了，要不要往前佔個好位？」俊明問珍妮。

「我要走了。」她搖頭，抓起她放在地上的大布袋。

大會堂低座外的皇后碼頭有些悶熱，告示初夏天氣到來。一艘船身淨白的遊艇剛剛鼓浪駛出，敞開上層掌舵的金髮漢子上身赤膊，鬆身的白短褲迎風飄動，兩個褐髮碧眼的女孩蹲在船尾甲板收拾剛解下的纜繩。

「維港的夜色太美了。」珍妮抱著碼頭的欄柵，凝望對面尖沙咀海運大廈那邊高高豎立的霓虹招牌。

「我永遠不會忘記。」她說。

「這海港不是天天都在嗎？你可以每晚都來看啊。」

「我快要離開這裡了。」她看著下面拍岸的陣陣海濤。

「去外國留學？」俊明知道是多此一問。

珍妮把頭垂得低低的，讓頭髮遮住了臉龐。

俊明記得當日在百貨公司貨倉裡 Dr. Lam 提過他的計劃，當時聽來很遙遠，似要下一世紀才發生，心裡完全沒有感覺像這刻的震動。

「沒關係，你回來的時候，維港仍然會在這裡。」俊明盡量若無其事。

「真的？你保證一切還會像現在這樣嗎？」她迫切要求答案。

「你會什麼時候回來？」

「我不知道。」

「那我又怎樣保證呢？」

「你說可以，就成了。」她向俊明雙手合十像在誠懇許願，但臉上卻是帶著頑皮的笑容：「你不是很重視承諾的嗎？」

她說得對，縱使是個錯誤的承諾。俊明良久無言。

「算了，也許有些事，在這刻你和我都很難做到。」珍妮面對著海，深深呼氣：「未來的事，誰又料得到。不難為你了。」

「傑和我們幾個，所謂的未來只有在一片空白中摸索，但是你面前的路跟我們會走的不會一樣。」俊明像為自己辯解。

「你這句話，跟我爹哋說的差不多。」

俊明不能夠想像會和 Dr. Lam 的講法類似。他和俊明有太多的不同，而且他對俊明猜疑，甚至隱約有種不知從何而來的敵意。只有一樣東西俊明猜和他可能是相類似，就是懷著對珍妮的愛。

「我說多麼希望什麼未來種種，統統都是廢話，但我無法改變一絲一毫。」俊明說。

「說真的，這些對我其實並不重要。」她眼裡含著淚水，兩手輕拉俊明衣襟好靠近她，給他深深一吻：「我想了很久，你會不會就是我一直在等的那個人。」

俊明腦海又落在迷惘中的空白，此刻他不曉得怎樣回應，只能凝望著珍妮垂下頭之前流下來的兩行淚珠。

碼頭鐘樓響起大串像停不了的報時敲擊，珍妮身後駛來一部眼熟的黑色大轎車，靠檢閱台邊徐徐停下。

前座車門外立著 Dr. Lam 和林太，靜靜地注視俊明和珍妮。

珍妮回過頭往後看，她爹哋向她招手。

「我要走了。」她抹去臉上淚痕，微笑著說：「請你告訴傑、彼得和目仔，我會記住他們，也不會忘掉和大家一起夾 Band 的

時刻。」

林太緩步走過來緊緊擁抱珍妮，在她耳邊輕聲說了兩句。

「再見。」珍妮向俊明揮手，緩緩走向 Dr. Lam。

「你不跟我女兒講再見嗎？」林太帶微笑問。

俊明呆看珍妮走遠，沒有給林太期待的答案。或許她猜到這刻他沉默不語，是不讓內心激動崩堤的唯一方法。

「你會憎恨我和 Dr. Lam 嗎？」她極為柔和的語調，幾乎足以化解所有人的仇視目光。

「我不想惱怒任何人。」俊明閉上雙目，說：「珍妮應該回家。」

「對，你們完成了演出，是時候結束了。」

「只是如果我們得到名次，珍妮便沒機會和我們上台領獎，留下一生難忘的回憶，這是否太可惜了？」

林太嘆了口氣，說：「如果留下美好的回憶，往事可能更難忘記，對嗎？」

「我沒想到這世界連回憶也容不下。」

「整件事你也許會覺得我們太苛刻，尤其對你不公平，但希望你明白，林先生並不特別針對你。珍妮的前途無比重要，任何人都不可以動搖。」

「所以 Dr. Lam 認為我夠不上和珍妮走在一起，包括樂隊的隊友。」

「你誤會了，」她似在辯解：「Dr. Lam 開始對你有些瞭解，他不是看輕你，而是非常重視你，但這卻令他更擔憂，珍妮會作出我們不願意接受的選擇，改變這個家的一切。」

這是俊明至今看到一向雍容婉靜的林太掩蓋不了激動的一刻。

「我今晚不想講太多，以免大家心情更複雜。」她再嘆氣：「這裡 Dr. Lam 其實也很矛盾，但你不會明白，至少現在不會。」

俊明搖頭無語。

「再見。」她說。

林太回到車廂，坐在後座的珍妮只來得及匆匆回望俊明一眼，黑色轎車便消失在中環的幽暗水泥叢林之中。

俊明回到後台，可以站得下人的地方擠滿了近雙倍的人，都在引頸張望台中央表演的著名歌手和樂隊。

「珍妮呢？」傑打量俊明身後，旁邊的彼得和目仔的目光也在搜尋相同的方向。

「她回家了。」

「現在就走了？」目仔有點驚訝。

「珍妮說和大家夾 Band 的日子很開心，她不會忘記。」俊明實現了對她的又一個承諾，但他心裡一點也感受不到任何快意。

「我也會記住這段時刻。」彼得若有所感。

大會宣佈音樂節競賽部分的分數結果，明高和 Mike 的樂隊分別奪得第一、第二名，第三名是玩 *Stairway to Heaven* 的長髮男孩樂隊。俊明他們的名次和出場次序一樣排第五。明高領獎時擁躉湧上台邊近乎歇斯底里地歡呼，Mike 和隊員也興高采烈接受台下的掌聲。

Mike 盡了一切努力希望能發出光芒，今晚得償所願非常興奮。他躊躇滿志地說，希望得到更多歌迷支持。

「對手太強，我們贏不了。」目仔說。

「我們走到這裡也差不多了。」彼得叉著腰，聳聳肩。

「算很不錯了！」貝麗擁著傑，像在安慰他：「是嗎？」

「對，已經很好了。」傑淡淡地說。

接著是自創組別頒獎，包括俊明他們只有六隊參加，珍妮的作品是唯一的中文歌。

「今晚最佳創作歌曲獎由 Purple Rock 樂隊奪得。」大會宣佈開始頒獎。

Benny 叔叔看見他們只得四個人，眼鏡後的目光在四周搜索。

「珍妮在哪裡？」他低聲問。

傑在他耳邊回答，Benny 叔叔皺眉。

「你們上台領獎吧！」他很快回復平日的從容：「The show must go on ！」

充滿鼓勵的笑容和握手道賀圍繞著俊明這一隊人，大家捧著獎座拍照，心頭滿是喜悅和滿足，但在鎂光燈消褪後的一刹那，俊明感到無比的空洞。

⚡ 休止符

　　彌撒的時間不很長，有經文和聖詠，更多的是回憶片段，哀樂的休止符也結束了一切。辭別靈柩時傑漲紅了雙眼，臉上罕見的哀傷愁容，令俊明幾個人的傷感難以抑制。

　　Benny 叔叔曾經開玩笑談他的最後心願，是不知那天在台上演出結束的剎那告別人間。但他卻在一個跟平日沒有什麼異樣的晚上一睡不起，好幾次運轉不靈，令他進醫院的心臟，終於令他無法再一次在上台盡情高歌，演奏他擅長的色士風或口琴。

　　坐前排穿白衣的一位老太太一直靜靜坐著，看著手上的聖經，只偶爾和 Benny 叔叔幾個老一輩的菲律賓樂師朋友打招呼。俊明從來沒有見過她，目仔說知道她是 Benny 叔叔的妻子，那些年他在香港投身音樂很少回家，幾個子女由她帶大。她今次來香港送 Benny 叔叔最後一程，但成了年的子女都沒有來。

　　小聖堂門口上面刻有意思是「和平」的拉丁文字，他們跟著行列後面和 Benny 叔叔的親友握手辭別。

　　上升了的太陽照耀寧靜的墓園，數不清的十字架和陵墓，溫馴地安享著陽光的撫慰。大閘的對聯提醒每個進來的訪客，總有一天要與先行的人在某處重聚。

　　「是不是說我們遲早也壽終正寢？」目仔看著對聯，一臉迷惘。

　　「你的中文水平原來不太差呢！」彼得說。

　　「我不想這樣早玩完。」目仔愁容浮現。

　　「你不會那麼短命，我應該也不會。」彼得說。

「你憑什麼這樣肯定？」

「英文有句話，說『Only the good die young』，你聽過嗎？」彼得再用中文說一遍這話的意思。

「這句話我聽過。」目仔抒了一口氣。

「生死有命，不用自找煩惱。」傑一派淡然。

這副對聯實話實說，俊明從未想過應該那一天開始把這當一回事。他年輕的生命才剛剛成形，僅僅觸及了些有點意思的東西，卻又要於迷惘中患得患失。儘管如此，只要還有一絲可以繼續嘗試的機會，都不能輕輕放過。

失去了 Benny 叔叔，令俊明接觸到一種無奈但仍須面對的哀傷，他又回憶起那個晚上從傑口中知道大威車禍，那刻的複雜心情再次浮現。但當他想起 Benny 常說的一句「The show must go on」，卻讓俊明得以從苦澀的不捨中回過頭來。

車道中央有座含淚天使的大理石雕像，一個穿深黑套裝的少女站在旁邊默默地注視著俊明幾個。

「這不是珍妮嗎？」目仔掩不住驚訝。

她一步步向他們走近，手輕掃臉上的淚痕。

「你不是又遲到吧？」彼得不改他習慣的口吻。

站在眼前的珍妮是那麼熟悉，卻又像另一個不同的人。她掀起遮掩到紅唇尖的半幅透視黑紗，薄薄脂粉下仍是以前素淨清麗，一雙圓眼描了眼綫更顯明亮，一種不同的風韻代替了昔日學生年代的少女羞澀嬌柔。

墓園上的葬禮才結束，此刻重逢的喜悅大家也顯得有所節制，珍妮給每個人親切的禮貌式輕擁。

「你們樣子仍然年輕。」她環顧各人。

「人老了，不年輕了。」傑微笑。

「你更靚女了。」彼得和目仔回敬。

「你看來沒有什麼變。」她似乎終於找到句適合的話，注視俊明的時候神采閃現。

「我還以為你沒有來，很高興再見到你。」俊明客套地回應。

「我今天幫手司琴，一早就來了，坐在閣樓上面管風琴的鍵琴位，從下面看不到。」她補上一句：「不過我看到你們都來了。」

在山坡階梯走道旁邊，俊明們五個人各自報告近況。大家音信杳然，都推在生活節奏緊張，或是懶於舞文弄墨寫信，忙碌顯然是沒有碰頭的最佳理由。

幾年沒見的珍妮在英國，準備大學畢業後跟隨父母的足跡進入法律界。

彼得跟家人移民加拿大之後，升讀大學商科，暑假回香港的一所金融機構實習。

音樂節之後目仔重考中學會考合格，但他想通了念書不是興趣所在，轉而跟他父親學做「泥水佬」，將來或許承繼家族的判頭生意。

傑全心全意打鼓，現在是樂壇的樂師，照他自己的說法是「還可以混下去」，大小演唱會和唱片錄音室都有他的鼓聲，目仔說他是未來的「香港鼓王」。

俊明在半工讀念大專，上課之後再上班，過著忙得不可開交的生活。

「大家都很不錯嘛！」珍妮安慰地說。

一輪問候寒喧通常緊接是片刻的沉默，像驟雨飄遠之後流水轉眼乾涸的小溪。

　　「你們還有夾 Band 嗎？」珍妮問。

　　「天天由早忙到晚，許久沒有夾了。」目仔搔搔他的大平頭。

　　「你不在了，就算怎麼夾也沒有以前好玩，」彼得誰也不輕易放過：「你們來加拿大找我嘛，到時我們可以再上台。」

　　「我仍然天天在打鼓。」傑說。

　　「你的結他呢？」珍妮迫視著俊明。

　　「平日睡覺的時間也不夠，只能真正有空時才自彈自唱了。」俊明說：「你能為彌撒司琴，應該還很棒吧？」

　　「其實我有點生疏了。」她說著眼眶泛紅：「很久以前 Benny 叔叔提出過希望在他長眠的時候我為他司琴，我以為老人家興之所至隨意說說，便隨口答應了，想不到終於要兌現我的諾言。」

　　教堂那邊 Benny 叔叔的家人找人幫忙搬東西上車，傑領著目仔和彼得跑了過去。

　　「又是一個承諾。」俊明說：「你特地為這承諾回來嗎？」

　　「本來我應該上星期回倫敦，但聽到消息之後，改了今天下午的機票。」

　　「世事難料，不是嗎？」俊明覺得像在講老人家常說的話。

　　「這是個很差勁的承諾嗎？」珍妮聳聳肩，她的頑皮笑容回來了。

　　「不會吧，比我答應你爹哋那個好多了。」

　　俊明和珍妮相視而笑。

「至少你一直沒有對我不守信用的壞紀錄。」她像在赦免一個犯人。

「那我還算清白嗎?」俊明像尋求寬大對待。

「你當然清白,只不過是像一片空白般的清白。」珍妮不願意放過他:「你連回信也沒有。」

音樂節之後,宏基說不能再替俊明轉口訊給珍妮,她自此便消失了。隔了一年的聖誕節,宏基轉交她寄來給俊明的明信片,上面只有一句「你好嗎」,回郵地址是她大學的宿舍。

「我沒有答應過一定會回信,」俊明嘗試申辯:「你沒有告訴我你走了,也沒提過會寫信。」

「你答應過的一定遵守承諾,沒答應的便一概不理,是嗎?」除了音樂家外,她應該是做律師的料子。

「那時候我還年紀輕,心裡怎麼想便怎樣做。」

「不想的便不會做,對嗎?」

俊明搖頭,他只能用沉默回答。

「也許我們都年輕吧。」她嘆氣。

「對,也許是吧。」俊明說:「無論怎樣,那段日子不會再來。」

「不過我會記得這段日子,還有你們。」珍妮低首默然。

「我也是。」俊明輕聲說。

「我要走了。」又聽到珍妮昔日離去前常說的話。

墳場外停了輛黑色大房車,但比以前見過那一部似乎更豪華些,筆直地站在駕駛座旁的仍是那位白手套衣著整齊的司機。

「我會替你跟傑、彼得和目仔說再見。」俊明搶先一步。

「謝謝你。」她低下頭，抹去眼角的淚珠。

「有貝麗的消息嗎？我還以為她今天和傑一齊來。」

「他倆前年分手了，傑沒有多說。」俊明：「只知道貝麗不再打旺角 Band 房那份工，去了做幼稚園的助理員，近況怎樣便不清楚了。」

「是嗎？」珍妮一臉驚訝：「她搬了家，沒有跟她聯絡上，想不到。」

「世事多變，不是嗎？」俊明說。

「就是這樣？」

「對，就是這樣。」

「如果你再收到我的明信片，你會回覆嗎？」

「你想我作出承諾？」

她想了想，說：「我不需要你的承諾。」

「你什麼時候想寄過來都可以。」俊明說。

「我會好好想一想。」珍妮說。她踏進車廂前，飛快地給他唇上輕輕一吻。

「再見了。」

「再見。」俊明跟她道別，目送黑色房車遠去。

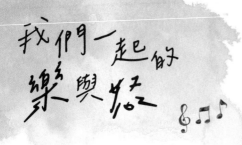

作者： 袁若光 Y. K. Patrick Yuen

編輯： 林　靜

設計： Spacey Ho

出版： 紅出版（青森文化）

地址：香港灣仔道 133 號卓凌中心 11 樓

出版計劃查詢電話：(852) 2540 7517

電郵：editor@red-publish.com

網址：http://www.red-publish.com

香港總經銷：聯合新零售 (香港) 有限公司

出版日期： 2024 年 4 月

圖書分類： 流行音樂文化／文學小說

I S B N： 978-988-8868-41-4

定　　價： 港幣 98 元正